# OS MELHORES CONTOS ORIENTAIS

CONTOS TRADICIONAIS DA ÍNDIA, DA CHINA E DO
JAPÃO PARA LER, MEDITAR E VIVER MELHOR

Há muito tempo, ao sul da Índia,
vivia um rei com seus três filhos.
Certa vez, desejando pôr à prova
o grau de sabedoria de cada um,
interpelou-os do seguinte modo:
— Digam-me, filhos: qual é
a conquista mais importante,
a maior façanha que um homem
pode realizar na vida?

# OS MELHORES CONTOS ORIENTAIS

CONTOS TRADICIONAIS DA ÍNDIA, DA CHINA E DO
JAPÃO PARA LER, MEDITAR E VIVER MELHOR

Seleção e apresentação:
Antonio Daniel Abreu

Tradução:
Yara Camillo

MARTIN CLARET

## SUMÁRIO

11  Apresentação

OS MELHORES CONTOS ORIENTAIS

17  ÍNDIA
    Buda, patriarcas hindus,
    contos tradicionais

65  CHINA
    Patriarcas, mestres,
    contos tradicionais

103 JAPÃO
    Mestres, relatos,
    contos tradicionais

147 GLOSSÁRIO

## APRESENTAÇÃO

### ANTONIO DANIEL ABREU*

O zen é a união do visível com o invisível, a humildade do cotidiano e a realidade última, o relativo e o absoluto.

Na língua portuguesa, o termo "zen" é adaptado do japonês que, por sua vez, é a adaptação de uma palavra chinesa: *Ch'an*, ou *ch'an-na*, traduzida do termo sânscrito, *Dhyāna*. A tradução literal deste termo em sânscrito para o português é *meditação*. Porém, em sânscrito o significado dessa palavra é totalmente diferente; *Dhyāna* é uma palavra empregada para

---

* Antonio Daniel Abreu é editor desde 1970. Publicou, como organizador, contos populares chineses e mitologia chinesa, e como editor organizou e publicou contos e antologias de literatura de expressão oral de vários países; Angola, Brasil, Portugal, China, Alemanha, Noruega, Inglaterra e tantos mais.

indicar um elevado estado de consciência, em que o homem encontra a união da Realidade Final com o Universo. A palavra, como se nota, tem origem na Índia, onde o zen surgiu no século V antes de Cristo. Da Índia foi para a China e dali para o Japão, de onde se expandiu para o resto do mundo.

A edição de uma pequena antologia de contos zen tem por objetivo familiarizar o leitor com essa cultura milenar que é a filosofia oriental, na qual vamos encontrar as fontes do zen.

A introdução da filosofia oriental no Ocidente deu-se, num primeiro momento, com a publicação de *O mundo como vontade e representação*, de Arthur Schopenhauer. Houve, também, a contribuição de Hermann Hesse, com um de seus mais belos livros, *Siddharta*. No campo da psicanálise, Carl Gustav Jung desenvolveu estudos com base em sua aplicação. Na literatura, umas das vertentes do zen, o taoísmo, influenciou a geração *beat*, a qual tem Jack Kerouac como um de seus princiais representantes. Embora o zen tenha, como já dissemos, sua origem na Índia, foi no Japão, como também sublinhado, que se desenvolveu e influenciou todos os modos de vida: na literatura, na poesia, na arquitetura, enfim, em toda a vida local.

Ninguém precisa ser budista para praticar o zen. E os contos aqui reunidos têm essa finalidade: mostrar que é possível entender a cultura zen sem praticar o budismo.

Por fim, a maior contribuição para a difusão do zen foi, talvez, a de Alan Watts, que escreveu os melhores ensaios a respeito do assunto.

Ao longo dos contos aqui selecionados, o leitor poderá "viajar" pelos mistérios da mente humana. São contos de tradição oral cuja interpretação, após a leitura, nos remete a momentos de reflexão e nos ajuda assim a planejar dias melhores. Na verdade, a agitação em que vivemos diariamente acaba nos afastando das pequenas coisas que, muitas vezes, podem ser resolvidas por um processo simples: refletir sobre determinado assunto para, num segundo momento, tomar a decisão adequada.

Ao leitor, desejamos, com esta pequena nota introdutória, tornar a leitura destes contos prazerosa e também proveitosa.

# OS MELHORES CONTOS ORIENTAIS

CONTOS TRADICIONAIS DA ÍNDIA, DA CHINA E DO JAPÃO PARA LER, MEDITAR E VIVER MELHOR

# ÍNDIA

BUDA • PATRIARCAS HINDUS • CONTOS TRADICIONAIS

Há muito tempo, ao sul da Índia, vivia um rei com seus três filhos.

Certa vez, desejando pôr à prova o grau de sabedoria de cada um, interpelou-os do seguinte modo:

— Digam-me, filhos: qual é a conquista mais importante, a maior façanha que um homem pode realizar na vida?

O mais velho respondeu:

— Querido pai: na minha opinião, a maior façanha de um homem é dominar os vizinhos, apoderar-se de suas terras e reinar como soberano absoluto, amado e respeitado pelos súditos.

O segundo disse:

— Para mim, a maior façanha de um homem é viajar por todo o planeta, chegando aos recantos mais longínquos... Até que não reste, no mundo, nenhum país desconhecido, ou estrangeiro, para ele.

O terceiro filho, um menino de apenas oito anos, respondeu da seguinte maneira:

— Querido pai, vou falar de uma conquista difícil e grandiosa, como nenhuma outra, em todo o mundo: uma façanha que poucos tentam realizar e quase ninguém consegue: a do autoconhecimento.

Esse filho caçula do rei, renunciando ao luxo e às riquezas da corte, um dia tornou-se monge. Foi ele quem introduziu, na China, o verdadeiro budismo, *I shin den shin*, cujo significado vai muito além do sentido literal, muito além das letras e das palavras: *de minha alma para a tua alma*. O nome desse pequeno príncipe era Bodhidharma. Foi ele o primeiro patriarca do budismo zen.

\* \* \*

Há um *Sutra* no qual se pode ler o seguinte:

Buda experimentou a morte e o nascimento, repetidas vezes. Se fossem amontoados, seus ossos formariam uma grande montanha.

Mokuren, um dos primeiros discípulos do Buda Shakyamuni, que tinha poderes mágicos, quis medir a altura dessa montanha... Levou muito tempo escalando-a, sem, no entanto, conseguir chegar ao cume. Logo quis saber até onde chegaria a voz do Buda, que distância seria capaz de alcançar.

Caminhou por quarenta milhões de *Li* (cento e sessenta milhões de quilômetros) e chegou a um mundo extraordinário, que ficava além de todos os outros mundos: *Kommyo Ban*, o mundo da Iluminação.

Mas assim que Mokuren chegou a esse mundo, seu poder mágico simplesmente desapareceu.

Buda vivia, então, em *Kommyo Ban*, e seu dedo era muito, muito longo: media cerca de cento e sessenta *naiutas*. Uma *naiuta* equivale a quarenta *Li*. No exato momento da chegada de Mokuren, Buda entoava o *Bussho Kapila*, o *Sutra* dos alimentos, pois estava prestes a tomar o desjejum. Sua voz soava com a intensidade de cem trovões. Sua tigela, na qual Mokuren caiu, era tão grande como o lago Leman.

Estendendo um dedo, o secretário do Buda retirou Mokuren lá de dentro:

— O que será isso que caiu aqui? Parece uma espécie de verme, ou bactéria.

— Ele veio de um lugar muito distante — respondeu o Buda. — Veio do mundo onde vive o Buda Shakyamuni, do qual é discípulo. Este homem, que se chama Mokuren, resolveu medir o alcance da voz do Buda... Seu poder mágico o trouxe até nós. Mas a voz do Buda Shakyamuni não se detém aqui.

Mokuren compreendeu, então, que a voz de seu mestre e a voz daquele Buda estavam unidas: alcançavam todo o cosmos, todas as dimensões, o passado, o presente, o futuro, no tempo e no espaço sem fim.

\* \* \*

Certa vez, um brâmane, que tinha muita inveja do Buda Shakyamuni, foi visitá-lo. Cheio de ira e ressentimento, começou a insultá-lo duramente, com palavrões e falsas acusações.

O Buda escutava-o pacientemente, sem alterar-se, sem responder aos repetidos insultos que o brâmane lhe dirigia.

Depois de algum tempo, o homem, cansado de seus ataques verbais e da falta de reação do Buda, calou-se. Então o Thathagata disse:

— Terminou?

— Sim — respondeu o homem.

— Você recebe visitas, em sua casa? — indagou o Buda.

— Sim, com frequência — o homem assentiu, intrigado.

— E costuma oferecer alimento e bebida às visitas? — perguntou o Buda.

— Claro — disse o brâmane. — Afinal, assim manda a tradição, os bons costumes...

— E como você age, quando a visita recusa sua gentileza?

— Nem me importo — disse o brâmane. — Se a visita não quiser, eu mesmo dou conta, sozinho, dos comes e bebes.

Então o Buda Shakyamuni disse:

— Pois, então, faça isso com suas críticas. Você foi muito amável, convidando-me a ouvi-las. Mas o fato é que não as desejo. Não quero compartilhá-las com você. Portanto, pode saboreá-las sozinho.

O brâmane, terrivelmente envergonhado, não soube o que dizer.

\* \* \*

Certa vez, um rei perguntou a seus ministros:
— Será que sei governar com sabedoria?
— Naturalmente, majestade! — Quase todos responderam. — Sois um governante muito sábio!
Apenas um ministro discordou:
— Não creio que sejais tão sábio assim.
— Por quê? — perguntou o rei.
— Porque nomeastes seu irmão caçula como herdeiro do trono — respondeu o ministro. — E essa atitude, por sinal nada inteligente, nos trará dificuldades.
Furioso, o rei demitiu o ministro. Alguns dias depois, perguntou a um dos que o tinham elogiado:
— Será que sei governar com bondade e benevolência?
O ministro então respondeu:
— Em minha opinião, majestade, sois um rei bondoso e benevolente.
— Por quê?
— Porque os reis bondosos e benevolentes têm ministros fiéis, dignos de toda a confiança. E os ministros fiéis e confiáveis sempre dizem a verdade ao seu rei, ainda que esta possa lhe desagradar. Se vos faltasse bondade e complacência, Vossa Majestade não teríeis um ministro assim.
Ao ouvir isso, o rei, profundamente impressionado, chamou de volta seu antigo ministro e devolveu-lhe o título, assim como o cargo que antes ocupava.

\* \* \*

Nanda e Andari formavam um belo casal. Jovens e apaixonados viviam felizes, em plena harmonia.

Certo dia, o Buda Shakyamuni passou diante da casa onde moravam.

Impressionado com o mestre, Nanda quis dar-lhe um presente, uma oferenda de flores e alimentos.

Andari suplicou ao marido que não fizesse isso, que não saísse de casa. Ela conhecia a reputação do Buda, que, apenas com sua presença, levava os homens a abandonar o próprio lar, o trabalho e a família, para segui-lo. Nanda, porém, disse-lhe que não se preocupasse. E prometeu que voltaria logo em seguida.

— Eu jamais abandonarei você, por nada nem ninguém no mundo, nem mesmo pelo Buda... Ou será que você duvida do amor que lhe tenho? Fique tranquila, que voltarei logo!

Enquanto isso o Buda se afastava, pela estrada. Nanda saiu de casa correndo, levando nas mãos o presente. Estava quase alcançando o Buda, quando o viu desaparecer, numa curva da estrada.

Nanda seguiu *O Desperto* durante um bom trecho de caminho. Porém, por mais que corresse, não conseguia alcançá-lo. Assim, chegou ao templo de Buda, situado num pequeno bosque, nos arredores do povoado. Foi então que o Buda, voltando-se para ele, disse:

— O que deseja? Por acaso veio ordenar-se como monge?

Nanda assentiu, quase sem se dar conta do que fazia; estava fascinado pelo Buda. Dois discípulos se aproximaram, para raspar-lhe a cabeça. Depois o vestiram com o *kesa*, o manto sagrado dos monges, discípulos de Buda. Enquanto isso, Nanda, que havia se recuperado daquela espécie de encantamento, só pensava em partir, em voltar para a companhia de sua linda e amada esposa. Mas, cada vez que tentava ir embora, algo o impedia... Por fim, já estava a ponto de sair pela porta dos fundos do templo, quando novamente deparou com o Buda.

— Está indo embora, Nanda?

— Sim, mestre. Minha esposa, Andari, me espera. E eu prometi a ela que voltaria logo.

— Sua esposa é bonita?

— Ah, é a mais bela, entre todas as mulheres! — Nanda respondeu, com orgulho.

— Venha, vou lhe mostrar uma coisa — disse o Buda, envolvendo-o em seu *kesa*.

No mesmo instante, Nanda sentiu-se transportado a um mundo maravilhoso, a um paraíso onde tudo era perfeito. Donzelas encantadoras, de corpo escultural e rosto divinamente belo, executavam um bailado com movimentos sensuais, de rara delicadeza. Seus trajes leves deixavam entrever os membros que se moviam harmoniosamente, de forma que comovessem Nanda no recanto mais profundo de seu ser. Em meio a tantas beldades, uma se destacava, por seu infinito encanto... Mas, apesar de ser a mais bela de todas, estava sentada a um canto, triste e chorosa. Entre suspiros de desalento, dizia:

— Em algum recanto do planeta Terra vive o jovem Nanda, o homem que meu coração elegeu. Ele é discípulo do Buda Shakyamuni. E quando receber o *shiho*, a *transmissão*, virá juntar-se a mim. Enquanto isso não acontecer, não terei descanso... E nenhuma alegria encontrará abrigo em meu coração. Espero, ansiosa, a chegada de meu amado.

Nanda estava perplexo.

— Sua esposa, Andari, é tão bonita como aquela jovem? — perguntou-lhe o Buda.

— Perto dessa deusa, a beleza de Andari pouco ou nada significa — respondeu Nanda, já perdidamente enamorado daquela jovem divindade.

E foi assim que se esqueceu de Andari. Empenhando-se, com total dedicação, só pensava no *shiho* que receberia do Buda; pois estava impaciente para juntar-se à sua amada celestial. Tornou-se o discípulo mais aplicado do templo, o primeiro em tudo: na meditação, no estudo dos *sutras*, no trabalho... No entanto, os outros discípulos o desprezavam, pois os motivos de tanta dedicação não eram puros, nem desprovidos de interesse.

— Por que não me respeitam? — perguntou Nanda a um dos principais discípulos do Buda. — Por que vivem me criticando? Acaso não sigo à risca os ensinamentos?

— Você não segue o *Caminho* — o discípulo respondeu. — Você é obsessivo, uma espécie de maníaco sexual, com um objetivo nem um pouco edificante...

— Sigo todos os ensinamentos do mestre! — replicou Nanda.

— Apenas exteriormente — disse o outro. — Mas, no seu íntimo, não é isso que acontece. Seu espírito não segue o Caminho. Se duvida do que estou dizendo, então pergunte ao mestre.

Nanda resolveu interpelar o Buda, que lhe perguntou:

— Você já visitou o inferno alguma vez?

— Não — Nanda respondeu, espantado. — Nunca!

— Venha comigo, vou lhe mostrar... — disse o Buda. E tornando a envolver Nanda em seu *kesa*, transportou-o a um mundo terrível, um mundo cujo simples vislumbre já seria suficiente para matar um homem... Ou até mais: demônios trafegavam de um lado a outro, muito ocupados, em meio a um calor insuportável, triturando membros, sorvendo entranhas, fatiando pessoas... Tudo isso acompanhado de um espantoso coro de gritos de horror, que brotavam da garganta das apavoradas vítimas.

Nanda, a ponto de desmaiar, avistou um grupo de demônios concentrados em torno de um imenso caldeirão, cheio de um líquido fervente.

*Seria água?* Nanda pensou, aproximando-se. Só então percebeu que não se tratava de água, mas de ferro fundido.

— O que estão fazendo? — perguntou a um dos demônios.

— Temos que deixar este caldeirão no ponto para receber o jovem Nanda — todos responderam, quase ao mesmo tempo. — Ele se tornou discípulo do Buda Shakyamuni, não para seguir o *Grande Caminho* e sim para desposar e fazer amor com uma bela deusa que o espera, no Paraíso. Mas assim que ele possuir essa beldade, o que deverá acontecer em breve, seu *karma* sexual o fará cair, diretamente do paraíso, bem no meio da fervura... Por isso mantemos este caldeirão bem aquecido, para esperar a chegada de Nanda.

Nesse momento, Nanda compreendeu profundamente o que se passava... E obteve o *satori*.

\* \* \*

Certo dia o Buda Shakyamuni estava meditando, numa solitária ermida, quando de repente assomaram a seu espírito as seguintes dúvidas: "A melhor maneira de governar consiste em não matar nem ser morto, não conquistar nem ser conquistado, não provocar a desgraça nem sofrê-la? Pode-se, ou não, obedecer à Ordem Cósmica por meio da política?"

Imediatamente, surgiu um demônio que lhe murmurou ao ouvido:

— Se te dedicares à política, certamente poderás obedecer à Ordem Cósmica! Governarás o país inteiro com justiça e não matarás nem serás morto, não conquistarás nem serás conquistado. Ninguém sofrerá por tua culpa. E não provocarás nenhum tipo de dano nem dor.

Fitando o demônio com severidade, o Buda disse:

— Por que me tentas com essas ideias, por que me incitas a me dedicar à política? O que pretendes, afinal?

— Nada! — respondeu o demônio. — Apenas, pensei que, com teus poderes extraordinários, poderias conseguir tudo... Serias, inclusive, capaz de transformar o Himalaia em ouro.

O Buda respondeu, então, com este poema:

*Ainda que todo o Himalaia se transformasse em ouro,*
*Ainda que esse ouro fosse o dobro do Himalaia*
*Não poderia preencher o coração de um só homem...*
*Pois há que se trabalhar com justiça.*

\* \* \*

Nos tempos do Buda Shakyamuni, havia uma pobre mulher da casta dos Sudras — que também eram chamados *os intocáveis* —, cujo trabalho consistia em transportar, num grande jarro, excrementos retirados das fossas sépticas. Esse tipo de tarefa era comum entre os Sudras, a casta mais baixa e desprezada da Índia, obrigada a efetuar trabalhos que os demais hindus consideravam indignos.

Certo dia, Daini — assim se chamava a mulher — caminhava por uma estrada, nos arredores da cidade, levando um jarro de excrementos na cabeça, quando viu o Buda se aproximando rapidamente. Compreendendo que ele logo a alcançaria, sentiu vergonha de si mesma, do mau cheiro que exalava, dos trajes miseráveis e sujos que vestia. Então, escondeu-se atrás de uns arbustos.

*Tomara que o Buda não perceba meu mau cheiro. Ele é um santo, um príncipe... E, eu, uma sudra indigna de cruzar seu caminho.* Assim pensava Daini.

Isso aconteceu em mais duas ocasiões e, em ambas, Daini agiu da mesma forma: ao ver o Buda se aproximando pelo mesmo caminho que ela trilhava, escondia-se a tempo de evitar o encontro... Até que o Buda Shakyamuni, profundamente comovido pela humildade e bondade da mulher, plantou-se diante dela, sem dar-lhe tempo de fugir.

A pobre Daini ficou tão nervosa que deixou cair o jarro que trazia na cabeça. Os excrementos escorreram-lhe pelo corpo, pelas mãos, espalhando-se pelo chão. Consternada, Daini atirou-se aos pés do Buda, murmurando:

— Perdão! Perdão!

— Não se preocupe... — disse o Buda. — Levante-se. A partir de agora, você será minha discípula.

Daini mal conseguia acreditar no que estava ouvindo. Pois, naquele tempo, todos os discípulos do Buda eram nobres, pertencentes às castas mais altas da Índia. Por conta da surpresa, esqueceu-se totalmente de seu ego e, no mesmo momento, recebeu poderes sobrenaturais. Dos excrementos, assim como da própria Daini, começou a emanar um perfume delicioso.

A partir daquele instante Daini passou a seguir o Buda, que fez dela sua secretária particular. Daini trabalhava para ele, atendia-o em todas as suas ordens, com total dedicação. Tal como ocorria com os outros discípulos do Buda, Daini situava-se "além do masculino e do feminino".

Incomodados, os discípulos leigos do Buda começaram a protestar:

— Como o Buda pôde aceitá-la, aqui na *shanga*? Além de mulher, ela ainda é uma *sudra*!

Na Índia daquela época, as pessoas costumavam beijar os pés do Buda e de seus discípulos, bem como prostrar-se diante deles, em sinal de reverência e respeito. Mas muitos recusaram-se a reverenciar Daini e, sobretudo, a beijar-lhe os pés.

Odiavam-na. Assim, resolveram arquitetar um plano para conseguir que o Buda a repudiasse e, por fim, a expulsasse da *shanga*. Dirigiram-se ao rei Achinoku — que compartilhava da mesma opinião sobre Daini —, suplicaram-lhe que procurasse o Buda e lhe fizesse esse pedido.

O rei dirigiu-se ao templo do Buda, que ficava nos arredores da cidade. Junto à porta, encontrou um ancião que, calmamente, costurava um *kesa*. De sua cabeça brotava uma luz resplandecente. Seu corpo exalava tamanha dignidade que o rei, impressionado, prostrou-se diante dele e pediu:

— Caro ancião, venerável discípulo do Buda... Por favor, anuncie-me ao seu mestre.

O ancião ergueu-se de maneira tão nobre e delicada que o rei Achinoku pensou: "Ele deve ser filho de um grande soberano."

Alguns instantes depois, o ancião retornou e, num tom sereno, perfeitamente polido, disse:

— Queira acompanhar-me, o Buda o espera.

A beleza e o carisma daquele ancião haviam cativado o rei que, ao chegar diante do Buda, esquecendo-se por completo do assunto que o trazia ali, perguntou:

— Quem é aquele magnífico ancião, aquele discípulo perfeito e santo que, sem pronunciar sequer uma palavra, explica de maneira tão clara e fascinante a sua doutrina?

— É Daini, minha nova discípula — respondeu o Buda.

O rei ficou perplexo. A partir daquele momento, nunca mais atreveu-se a julgar quem quer que fosse. Raspou a cabeça, renunciou ao trono e decidiu tornar-se discípulo de Buda, um monge andarilho.

\* \* \*

Havia uma pobre viúva, que vivia nos tempos de Buda e tinha um filho a quem adorava. Certo dia o filho ficou doente e morreu. Então a viúva, louca de dor, recusou-se a enterrá-lo. Levava-o consigo a todos os lugares, recebendo com indiferença as palavras de consolo e resignação que as pessoas lhe dirigiam. Alguém lhe contou, então, que o Buda estava por perto, num pequeno bosque, nos arredores da cidade, na companhia de seus discípulos. A fama do Buda já havia se espalhado por toda parte; diziam que era um grande santo, capaz de fazer enormes milagres.

A pobre viúva dirigiu-se ao bosque, levando nos braços o cadáver do filho. Ao ver o Buda, atirou-se a seus pés e suplicou, entre soluços, que ele restituísse a vida ao menino. O Buda, então, respondeu:

— Devolverei a vida ao seu filho, com uma condição: a de que a senhora me traga um grão de mostarda... Mas esse grão deve vir de uma casa em que nunca tenha morrido alguém.

A viúva, cheia de esperanças, retornou à cidade e começou a procurar. Ninguém se recusava a dar-lhe o grão de mostarda, mas...

— Meu pai morreu há um mês...
— Minha sogra faleceu na semana passada...
— Ontem fez um ano que meu marido morreu...

Assim, a viúva não encontrou sequer uma casa em que não se lamentasse a perda de um ente querido.

Depois de bater à porta da última casa, e também ali havia morrido alguém, a viúva resolveu voltar ao bosque. Anoitecia, quando por fim chegou diante do Buda. Estava sozinha e chorava docemente.

— E seu filho? Onde o deixou? — perguntou o Tathagata, com seu olhar envolvente e compassivo.

— Meu filho já não existe. Ele morreu e por isso enterrei-o junto ao pai. Agora compreendo, mestre. Por favor, ensine-me o Caminho!

O Buda, então, acolheu-a na *shanga*. A viúva tornou-se sua discípula e assim permaneceu, até o dia de sua morte.

\* \* \*

Quando o Buda Shakyamuni ainda vivia em seu palácio, rodeado dos prazeres e luxos mais refinados, seus trajes eram finos e delicados, confeccionados com os tecidos mais valiosos que havia na época.

Quando se converteu em monge mendicante, deixou para trás o luxo, os prazeres e os belos trajes. Dirigiu-se aos cemitérios e lá recolheu alguns restos de mortalhas. Dirigiu-se aos depósitos de lixo, onde recolheu todo tipo de farrapos e retalhos que já para nada serviriam: pequeninos trapos usados pelas mulheres durante a menstruação, restos de panos usados nos partos, pedaços de bandagens manchadas, usadas pelos doentes... Lavou cuidadosamente todos aqueles trapos imundos, depois juntou-os e tingiu-os com terra e cinzas. Assim foi criado o primeiro *kesa*: a partir de um monte de trapos sujos que, depois de devidamente tratados, transformaram-se no traje mais nobre que existe: o manto de um Buda.

\* \* \*

Havia três irmãos que se dedicavam à mendicância. Vagavam de cidade em cidade e dormiam onde a noite os encontrava... Fazia muito tempo que levavam essa vida instável e errante, da qual já estavam cansados.

Certa noite, quando jantavam em torno de uma fogueira, nos arredores de um povoado, um velho homem aproximou-se, pediu licença para sentar-se com eles e compartilhar a refeição. Os três concordaram, de bom grado. E o homem, que era de fato muito velho, perguntou-lhes quem eram e em que trabalhavam. Quando soube que eram mendigos e estavam fartos daquela vida, disse-lhes:

— Pois eu estava justamente à procura de pessoas como vocês. Tenho uma propriedade, aqui perto. Herdei-a de meu pai que, antes de morrer, contou-me que lá existe um tesouro. Passei minha juventude viajando muito e me divertindo ainda mais. Agora, ainda que quisesse, não poderia me dedicar à busca desse tesouro, pois estou muito velho e já não tenho forças nem vigor suficiente para procurá-lo. Não tenho filhos, nem parentes próximos. Morrerei em breve... E o tesouro jamais será encontrado. Vocês, que são jovens e têm tempo disponível, podem aproveitar essa oportunidade, se quiserem: eu lhes darei minha propriedade e vocês, em contrapartida, começarão a busca, imediatamente.

Loucos de alegria, os três irmãos não relutaram em aceitar o presente daquele velho homem. E prometeram que explorariam todo o solo, sem descanso, até encontrarem o tesouro.

Pela manhã, o velho levou-os até sua propriedade, desejou-lhes sorte e se foi. Os três começaram a cavar a terra, com imenso entusiasmo. Tratava-se de uma vasta propriedade, com uma grande extensão de terra... Aliás, uma terra ressecada e dura. Até parecia que ninguém, jamais, a havia tocado. Ervas daninhas e cardos espalhavam-se por toda parte. A tarefa, que certamente seria difícil para um lavrador experiente, parecia ainda mais árdua para os três irmãos, que nunca haviam trabalhado. Antes de começar a cavar, tiveram de queimar as ervas daninhas e arrancar os tocos secos. Esse trabalho durou um mês.

No fim do segundo mês, os irmãos tinham conseguido cavar apenas um décimo de toda a extensão da propriedade. O entusiasmo do irmão mais velho começou a arrefecer, à medida que o tempo passava. Sentia dores musculares, as mãos e os pés estavam esfolados... E, assim, o tesouro começava a lhe parecer um sonho impossível. Certo dia, jogando a enxada longe, disse aos outros dois:

— Vou-me embora daqui! Não há tesouro no mundo que me faça acordar ao amanhecer para dedicar-me a um trabalho ingrato por uma recompensa que ainda nem sabemos se realmente existe. Adeus, meus irmãos! Neste momento, renuncio ao tesouro que vocês talvez encontrem, algum dia... Embora eu duvide muito disso. — E partiu, enquanto os outros dois continuavam cavando.

Passaram-se o verão e o outono. Àquela altura, dois terços da propriedade já estavam limpos. Foi então que o segundo irmão disse ao caçula:

— Acho que aquele velho nos enganou. Já cavamos quase toda a extensão dessa propriedade... E nada de tesouro! Agora, o inverno está chegando. E o inverno, nesta região, é muito rigoroso; tanto, que chega a nevar. Estou pensando em ir para um país mais quente, onde tentarei esquecer esse assunto... Você me acompanha?

— Não, meu irmão — respondeu o caçula. — Não quero renunciar justamente agora que falta tão pouco para terminar a busca. Além do mais, acreditei e continuo acreditando nas palavras daquele ancião. Portanto, ficarei por aqui.

E, assim, o caçula continuou na propriedade, sozinho, trabalhando desde a manhã até a noite. Veio o inverno, com suas nevascas, e depois a primavera, com suas chuvas. O caçula continuou trabalhando, ao longo de todo esse tempo. Assim, seu corpo se fortaleceu, graças aos exercícios e à vida ao ar livre.

Quando por fim terminou de cavar toda aquela extensão de terra, já era maio... E o jovem havia se esquecido do objetivo inicial de seu trabalho. Mas os ventos de março tinham trazido, para o campo, milhares de sementes que germinaram com as chuvas de abril, naquela terra fértil, arduamente lavrada e preparada ao longo de um ano inteiro... Uma terra que, no devido tempo, proporcionou ao jovem uma abundante colheita.

O irmão caçula havia encontrado, por fim, o tesouro que o campo guardava. Um tesouro inesgotável que, devidamente cuidado, sustentou o jovem lavrador por toda a vida.

\* \* \*

Enquanto o Buda vivia, havia muitos brâmanes e adeptos de outras religiões que o odiavam e caluniavam o máximo que podiam. Seus discípulos, então, perguntavam:

— Como é possível que existam pessoas que o odeiem e critiquem, se seu grande coração está cheio de amor e compaixão por todos nós?

O Buda respondeu:

— É que, numa vida anterior, fui um mestre muito severo, que repreendia duramente seus discípulos, por qualquer motivo. Bastava minha presença, para que tremessem de medo. Por isso, segundo a lei do karma, agora me acontecem essas coisas.

\* \* \*

Um monge morava numa casa muito antiga que, segundo os camponeses, era mal-assombrada. Todas as noites um demônio lhe aparecia, em sonhos, para avisá-lo de que na casa havia grandes tesouros, escondidos ali por alguns ladrões.

Preocupado, o monge contou esse sonho ao Buda, que lhe disse:

— Não abandone a casa, mas também não procure os tesouros que ela esconde.

\* \* \*

Quando Buda, já muito idoso, sentiu que se aproximava a hora de sua morte, disse a Ananda, que caminhava a seu lado, num bosque:

— Estou cansado. Prepare-me um leito, onde possa me recostar.

Com extremo cuidado, Ananda preparou um leito de folhas secas à sombra de uma árvore e cobriu-o com um *kesa*, sobre o qual o Buda se deitou. Depois de descansar um pouco, levantou-se e retomou a caminhada. À certa altura, disse a Ananda:

— Meu cansaço está voltando. Vou me deitar novamente. — E tornou a recostar-se à sombra de uma árvore.

Essa cena repetiu-se várias vezes, até que Ananda, inquieto, disse:

— Vou chamar os outros discípulos.

Mas o Buda não permitiu. Por fim, tornou a deitar-se, mas, dessa vez, não mais se levantou.

Ananda e alguns outros discípulos choravam. O Buda lhes falava docemente, sempre com palavras de consolo. As últimas que proferiu foram:

— Procurem refúgio em si mesmos e não nos outros. Sejam sua própria luz, sua própria lâmpada.

Este foi seu último ensinamento.

\* \* \*

Na Índia, nos tempos do Buda, dois monges dormiam à beira de uma estrada quando, de repente, apareceu uma mulher e logo começou a fazer amor com um deles. O outro despertou e quis reclamar sua parte, reivindicando seu direito de também possuir aquela mulher que, assustada, saiu correndo.

Os dois monges começaram a persegui-la. A mulher, apavorada, não viu uma profunda valeta que se abria no caminho. Caiu dentro dela e morreu.

Os dois monges ficaram horrorizados com a consequência de seus atos. Tomados pelo remorso, foram procurar Upali, um renomado discípulo do Buda, profundo conhecedor dos preceitos e das regras.

— Vocês cometeram um crime abominável! — disse Upali. — Um crime odioso, pelo qual serão profundamente castigados pelo Buda.

O fato era que os dois monges estavam arrasados pelo remorso. E Upali nada fizera para melhorar a situação. Então Bodhissatva Yuima aproximou-se e disse:

— Você não deveria exagerar nem reforçar ainda mais o crime para estes pobres monges. Os dois estão sofrendo por demais; o remorso que os corrói é profundo e sincero. Sua cólera, Upali, só serve para aumentar ainda mais o estado de perturbação em que se encontram. O espírito de ambos está horrorizado pelo crime que cometeu... Mas onde, afinal, encontra-se esse crime? Não está dentro deles, nem fora deles, nem em algum ponto entre o interior e o exterior... Onde estão todas as existências do Universo? Como decidir o que é puro e o que não é? Todas essas coisas são apenas conjeturas, conceitos do nosso espírito.

Quando Yuima terminou de falar, os dois monges de libertaram do remorso. As palavras de Yuima haviam dissipado seu crime, assim como os raios de sol derretem a neve.

\* \* \*

Sariputra é considerado, segundo a tradição, o discípulo mais inteligente do Buda. Seu nome significa, em sânscrito, "filho de estorninho".

Dizem que seu olhar era penetrante. E os sutras contam que, em sua vida anterior, Sariputra dedicou-se à prática da virtude da paciência. Certa ocasião, alguns brâmanes lhe disseram:

— Mostre-nos o que você conseguiu com essa prática: arranque seus olhos e nos faça presente deles.

Sariputra assim fez, sem demonstrar o mínimo sinal de ofensa. Então os brâmanes disseram:

— Ah, como cheiram mal esses olhos! — E, jogando-os ao chão, pisotearam-nos com força, até esmagá-los.

Com isso, a ira se apoderou de Sariputra, que então se deu conta de quanto era difícil a prática da paciência. Abandonando-a, resolveu dedicar-se inteiramente à meditação.

Quando, depois de sua morte, voltou a reencarnar, converteu-se no maior discípulo do Buda. E, contudo, morreu antes dele.

\* \* \*

Segundo os ensinamentos zen, não há gestos nem ações, por mais banais que sejam, que não reflitam o Caminho, sempre e desde que se realizem plenamente aqui e agora, corpo e espírito em total comunhão.

Segundo um antigo *Sutra*, certa vez Sariputra retirou-se para um local discreto, à margem de uma estrada, para fazer suas necessidades.

Casualmente, passou por ali uma dama muito polida e requintada. Quando viu Sariputra, que ainda não havia percebido sua presença, ficou profundamente impressionada com a dignidade e a beleza que dele emanavam, naquela postura. Até mesmo entregue a uma função tão simples, Sariputra era um testemunho vivo do *Caminho*.

A grande dama decidiu, então, ir até o Buda e tornar-se sua discípula.

\* \* \*

Era uma vez um homem idiota que tinha uma pérola. Muito orgulhoso, levava-a na palma da mão, para que todos a vissem.

Um conhecido passou por ele e disse:

— Você é mesmo um grande imbecil! O que está fazendo, com essa pérola na mão?

Ao ouvir isso, o pobre idiota pensou:

*Sei muito bem o quanto essa pérola é preciosa. Mas não quero que as pessoas me achem um tonto. Tenho de pensar em minha reputação.*

Então, para evitar os comentários irônicos das pessoas, disse ao seu criado:

— Tome! Leve você mesmo a minha pérola.

E assim foi... Até que, no fim das contas, o idiota acabou por perdê-la.

\* \* \*

Quando o Bodhisattva Vimalakirti adoeceu, Manjusri, um dos discípulos do Buda, perguntou-lhe quais eram as causas de sua enfermidade, e ele respondeu:

— Esta enfermidade que em mim se manifesta vem, na verdade, da compaixão do Buda. A doença de todos os seres viventes me fez cair enfermo. Quando todos os viventes se curarem, eu também me curarei.

\* \* \*

Dois cães, um branco e um negro, discutem. Diz o cão negro:

— Sua cor é pura. Depois de sua morte, você poderá renascer no mundo dos seres humanos.

O cão branco, aborrecido, respondeu:

— Por que eu quereria nascer no mundo dos humanos? Lá eu não poderia fazer xixi nas paredes, teria de andar vestido e, ainda por cima, seria obrigado a trabalhar. A vida dos homens é muito complicada.

— Você tem razão — disse o cão negro. — Também não quero renascer como humano.

É preciso transcender os pontos de vista limitados.

\* \* \*

Conta o Dentoroku que certo dia Dhitaka, filho de um homem rico, visitou Ubakikuta Sonja, o Quarto

Patriarca depois do Buda Shakyamuni, e saudou-o com um sampai.

Depois de prostrar-se, Dhitaka disse:

— Quero ser monge *shukke*.

Ubakikuta perguntou:

— Você quer ser monge no espírito... ou no corpo?

— Minha intenção de ser monge não é movida pelo meu corpo e sim pelo espírito.

— Mas se você não quer ser monge pelo corpo e sim pelo espírito, quem será shukke? — disse Ubakikuta.

Dhitaka respondeu:

— O que significa shukke, além de ser desprovido de egoísmo? Assim sendo, o espírito não poderá ser produzido, se não aparecer ou não desaparecer. Torna-se "jodo" (*Jo*: permanente; *Do*: caminho), o *Caminho* permanente, a ordem cósmica. Muitos Budas existem de maneira permanente, sem ter forma pela silhueta ou pelo espírito.

Então Ubakikuta disse:

— Você já tem o *satori*. Seu espírito, inconsciente, natural e automaticamente, alcançou o verdadeiro *satori*. Por intermédio dos três tesouros (Buda, Dharma, shanga), você deverá espalhar a semente da santidade.

— E deu-lhe os *kai*.

\* \* \*

Vasubandhu, dirigente de um grupo religioso budista, estabeleceu regras muito severas: fazia apenas uma refeição por dia, evitava descansar, a todo momento fazia sampai e gasshô. E todos os discípulos o admiravam.

Shayata foi até ele e, querendo iluminar seu espírito, em vez de dirigir-se diretamente a Vasubandhu, interpelou os discípulos:

— Esse Vasubandhu é bem purista na prática do ascetismo. Acham que ele conseguirá alcançar o *Caminho* do Buda?

— Nosso mestre empenha-se, com toda sua energia, nessa prática e nos exercícios — os discípulos responderam. — Portanto, por que não haveria de alcançar o *Caminho*?

Mas Shayata respondeu:

— Seu mestre está ainda muito longe dessa meta. Ainda que continue a praticar o ascetismo e a fazer os exercícios durante milhares de anos... Não conseguirá, pois o motivo dessa prática rígida não passa de ilusão.

Aborrecidos, os discípulos disseram:

— Mas afinal quem é você, que se atreve a fazer tantas críticas ao nosso mestre?

— Não busco o *Caminho*, mas também não busco o contrário — disse Shayata. — Não costumo me prostrar diante do Buda e tampouco o desprezo. Não pratico *zazen* diariamente, mas sigo certas regras com disciplina e não sou nem um pouco relaxado. Não restrinjo minhas refeições a apenas uma por dia e tampouco sou guloso. Não costumo beber apenas água ou suco de laranja, mas também não tenho o hábito de me embriagar. Não posso dizer que esteja totalmente satisfeito, ou em paz, mas também não sou ansioso. Quando o coração se despojar de todos os desejos... Encontrará o *Caminho*. E o *Caminho*, afinal, o que é? É quando o coração se despoja de todos os desejos.

Ao ouvir essas palavras, Vasabandhu *despertou* e converteu-se no vigésimo patriarca. Seus discípulos muito se alegraram e então Shayata perguntou:

— Compreenderam o que eu quis dizer? Se lhes falei tudo isso, foi para incitá-los a buscar o *Caminho*, com toda sinceridade. Se a corda de um arco estiver muito tensa, acabará se quebrando. Eu não aconselharia isso... Acho mais prudente buscarmos um estado de calma, para que possamos penetrar a sabedoria do Buda.

Keizan, que conta essa história, faz o seguinte comentário:

— De fato: se pensamos que há algo que devemos obter, um caminho que temos de conquistar, um estado de Buda que precisamos alcançar, e que nesse objetivo se acumulam todos os méritos... E se para tanto nos impusermos regras muito severas, então podemos fazer o que quer que seja... E não conseguiremos jamais nos libertar, ainda que pratiquemos essas regras durante milhares de anos. Mas se não trouxermos no coração nenhum desejo de ganho ou de prêmio, e se praticarmos o *Mushotoku*, estaremos inconscientemente alcançando o *Caminho*. Se vocês praticarem o ascetismo e os exercícios com excessiva rigidez, apegando-se a essa disciplina severa, esta se tornará uma ilusão. Tal prática, bem como o Dharma realizado, serão, então, vazios. Se vocês perceberem isso, poderão atingir a plena serenidade e praticar serenamente.

Keizan conclui com o seguinte poema:

*O vento atravessa o vazio do firmamento,*
*As nuvens surgem no vão entre as montanhas.*
*Nenhum apego ao Caminho,*
*nem aos assuntos mundanos.*

\* \* \*

Havia um casal idoso, um velhinho e uma velhinha que, sem trabalho, viviam como mendigos. Certo dia, o Buda Shakyamuni passou, com seu discípulo Ananda, perto do local onde moravam. Naquele exato momento, muitas pedras começaram a se desprender da encosta de uma montanha vizinha, deixando a descoberto um grande buraco, cheio de moedas de ouro. Ao ver isso, o Buda disse a Ananda:

— Daquele buraco estão surgindo serpentes venenosas.

Com um gesto de assentimento, Ananda comentou:

— De fato, existem serpentes venenosas...

E os dois seguiram seu caminho.

O casal ouviu a conversa dos viajantes. O velho, que era muito curioso, disse:

— Vamos até lá dar uma olhada, mulher.

Lá se foi o casal. E ao ver as peças de ouro que cintilavam ao sol, exclamaram:

— Se são estas as serpentes venenosas, então que me mordam até se fartarem!

Recolheram algumas moedas e celebraram aquele incrível acontecimento. Depois, pegaram mais e compraram trajes suntuosos. Assim, pouco a pouco, foram espalhando moedas de ouro por toda a cidade. Mas não sabiam que aquele tesouro pertencia ao rei Ajatasatra... E que o ladrão que o havia roubado enterrara-o na encosta da montanha, esperando recuperá-lo mais tarde. Todas as moedas de ouro traziam a efígie do rei. E, assim, seguindo as pistas deixadas pelo casal de velhos, a guarda real não tardou a encontrá-los e prendê-los, sob a acusação de terem roubado o tesouro imperial.

Porém, os velhos, decididos a não renunciar às moedas que ainda restavam no esconderijo, fizeram um pacto de silêncio. No fim, foram condenados à forca. No dia da execução, estavam diante do carrasco, quando lhes perguntaram se teriam algo a alegar em sua defesa. E ambos, em uníssono, gritaram:

— Eram serpentes venenosas!

Ante essa estranha resposta, os juízes os interrogaram novamente. E os dois acabaram por confessar a verdade. Essa história deu origem ao provérbio: "O ouro é uma serpente venenosa".

\* \* \*

Conta a tradição que o patriarca Harishiba ficou no ventre de sua mãe durante sessenta anos. Quando nasceu, era um velho de cabelos brancos.

Sua mãe o havia concebido aos vinte anos e, quando o pariu, tinha oitenta.

Harishiba foi ordenado monge oitenta anos após seu nascimento, ou seja, com cento e quarenta anos. Dizem que, devido à sua longa gestação, ele não dormia. Não tinha necessidade de sono e, por isso, recebeu o apelido de Waki Sonja, "Aquele que não dorme nunca".

Durante o dia, estudava os *sutras* e, à noite, praticava *zazen*. Jamais se deitou para descansar. Seus companheiros comentavam que as nádegas de Harishiba nunca tinham visto o sol, e com isso queriam dizer que ele estava sempre sentado em *zazen*, jamais deitado. Harishiba continuou com essa prática até o dia de sua morte.

\* \* \*

O dragão é o animal mais poderoso entre as criaturas, o mais respeitado pelos deuses e pelos homens. Quando alça voo, sua majestade e beleza são incomparáveis. Nenhum animal na terra pode competir com ele, em supremacia. E todos reconhecem sua imponente presença.

Há apenas um animal que o dragão teme e do qual se esconde: o pássaro Garuda. Esse pássaro é tão grande que, quando voa, sua sombra chega a tapar o sol, deixando às escuras cidades inteiras. Quando sobrevoa o deserto, o bater de suas asas provoca tempestades de areia de incríveis proporções. Quando o dragão pressente a aproximação do pássaro Garuda, corre a refugiar-se nas profundezas do oceano. Mas o pássaro Garuda, que gosta muito de dragões, pousa sobre as águas e, introduzindo seu longo bico até o fundo das águas, consegue descobri-lo... E devorá-lo.

Certa vez, um dragão, que tinha uma família numerosa, pediu ajuda ao Buda:

— Por favor, vós que sois infinitamente compassivo, tende piedade de nós, dai-nos algo que nos proteja do Garuda... Algum talismã poderoso, que nos livre de sua voracidade!

O Buda, arrancando um fio de seu *kesa*, entregou-o ao dragão e disse:

— Toma! O poder do *kesa*, que é um traje sagrado, é tão grande que este fio te protegerá do bico do Garuda.

Observando o fio com incredulidade, o dragão respondeu, pesaroso:

— Mas, mestre, minha família é numerosa. E este fio não serve nem para me cobrir... Como quereis que ele sirva para esconder toda a minha família?

Então o Buda tranquilizou-o, dizendo:

— Não temas. O poder do *kesa* é ilimitado. Este único fio já basta para proteger todos os seres viventes. Tem fé no *kesa* e ele te protegerá.

A partir daquele momento, o dragão deixou de temer o pássaro Garuda.

\* \* \*

Certo dia, o Bodhisattva Manjusri disse ao Buda:

— Havia dois monges zen, que viveram há muito, mas muito tempo. Um se chamava Prasanendrya e o outro, Agrammati.

Prasanendrya, de aspecto simples e sincero, concentrava-se sempre na prática do *zazen*. Não havia renunciado às coisas do mundo e tampouco era apegado a elas. Não fazia distinção entre o bem e o mal. Seus discípulos eram inteligentes e o amavam, tanto quanto a seus ensinamentos. Prasanendrya não lhes dizia para se despojarem dos desejos, nem lhes ordenava que seguissem rigidamente os preceitos. Só lhes ensinava o *zazen*. E dizia:

— Todos os fenômenos que existem são caracterizados pelo amor, o ódio e a estupidez. Mas, no fim das contas, o amor, o ódio e a estupidez não são obstáculos. Continuem com o *zazen*!

Seus ensinamentos eram tão generosos que muitos discípulos o seguiam. Discípulos que, graças ao *zazen*, voltavam à sua condição normal. Diante dos fenômenos, permaneciam calmos e pacientes, simples e amáveis.

A essência da verdadeira Lei é permanecer imóvel como uma montanha.

O outro mestre se chamava Agrammati. Seus ensinamentos baseavam-se no radicalismo e nos preceitos. Ele praticava o *zazen*, mas via-o como um meio para chegar a uma meta que, segundo seu ponto de vista, compunha-se de várias etapas. Seus discípulos eram um tanto estreitos de espírito, sempre muito preocupados em distinguir a prática pura da prática impura. Viviam em profunda agitação mental e se perguntavam com frequência: *Estarei praticando o verdadeiro zen... Ou não?*

Muitas vezes, Agrammati dirigia-se ao povoado onde estavam os discípulos de Prasanendrya e, sentado numa grande cadeira, repreendia-os:

— Vocês devem se concentrar nos preceitos! Devem permanecer solitários, controlar os desejos e o apego, como bons monges... Só então poderão praticar o *zazen*! — E sempre concluía do seguinte modo:

— O Mestre Prasanendrya equivocou-se, quando ensinou a vocês que o amor, o ódio e a estupidez não são obstáculos!

Diante dessas críticas, os discípulos de Prasanendrya, que eram muito sábios, não se aborreceram. Simplesmente perguntaram a Agrammati:

— O senhor disse que os sentimentos humanos são obstáculos para a prática do *zazen*, e que é preciso anular e combater os desejos... Então, quais são as características do amor?

— A característica do amor é a paixão — respondeu Agrammati.

— E essa paixão... vem do interior ou do exterior? — perguntaram os discípulos de Prasanendrya.

— Nem de um, nem de outro! Se viesse do interior, não dependeria do encontro com outra pessoa. E, se viesse do exterior, nosso ego não seria afetado. Portanto, essa paixão não nos faria sofrer.

— O senhor é muito inteligente. Mas se o amor, por mais que se cogite sobre ele... Se o amor não se encontra nem dentro nem fora, nem ao sul nem ao norte, nem acima nem abaixo... Ninguém poderá dizer de onde vem e para onde vai. O amor não nasce nem morre. É vazio. Assim sendo... como eliminá-lo? E como ele poderia nos incomodar? Como poderia ser um obstáculo?

Diante desse argumento, Agrammati reagiu, furioso. Afastando-se, declarou:

— Seu mestre levou muitos discípulos ao erro... E agora aí estão vocês, ensinando bobagens!

O Bodhisattva Agrammati não conseguia compreender. Quando ouvia as palavras de Buda, sentia-se feliz. Mas quando ouvia palavras comuns, sentia-se incomodado. Quando ouvia más notícias, ficava desolado. Quando as notícias eram boas, ficava muito contente. Detestava ouvir falar de coisas desagradáveis, tais como a dor, o sofrimento, os *bonno*... Mas gostava de ouvir falar do *satori*, do *nirvana*. Quando voltou ao templo, disse a seus discípulos:

— Há algo que vocês precisam saber: Prasanendrya é um impostor. Ele afirma que o amor, o ódio e a estupidez, tal como todos os fenômenos que existem, não são obstáculos.

Quando o Bodhisattva Prasanendrya compreendeu o estado de espírito de Agrammati, disse:

— Esse mestre é tão violento, tão melindroso e áspero que certamente acabará caindo no inferno. É preciso ensinar-lhe o verdadeiro Dharma. Ainda que ele não compreenda hoje, acabará por entender mais tarde. E reunindo seus discípulos, recitou um poema:

> *O amor é o Caminho.*
> *O ódio e a estupidez também o são.*
> *Essas três coisas incluem inumeráveis satoris.*
> *Qualquer pessoa que fizer distinção entre*
> *O amor, o ódio, a estupidez,*
> *O apego, a ignorância e o Caminho*
> *Se afastará do Buda,*
> *Como o céu da terra.*
> *O Caminho e todos os fenômenos*
> *São uma única e mesma coisa.*
> *O homem que escuta suas dúvidas e temores*
> *Afasta-se totalmente do estado de Buda.*
> *O amor não nasce nem morre...*
> *Portanto, como poderia atrapalhar o zazen?*
> *Mas se o homem der ouvidos ao seu ego,*
> *O amor o levará até um mau destino.*
> *Se um homem fizer distinção entre shiki e ku,*
> *Não se libertará de ambos.*
> *Se ele compreender que são inseparáveis,*
> *Em sua identidade fundamental,*
> *Terá conseguido a vitória,*
> *Terá obtido o satori.*

\* \* \*

Há muito tempo, em algum lugar, um monge praticava o zazen. Nisso, chegou um demônio carregando nos ombros um cadáver, que deixou cair diante do monge. Em seguida chegou outro demônio, que ordenou ao primeiro:

— Dê-me esse cadáver!

— Mas o que você está dizendo! — o outro protestou, indignado. — Fui eu quem trouxe este cadáver até aqui, e à custa de muitas dificuldades!

Os dois se envolveram numa luta violenta. E quando perceberam que aquela disputa não os levaria a lugar algum, resolveram submeter-se ao juízo do monge:

— Fui eu quem trouxe o cadáver, não? — disse o segundo demônio. — Portanto, ele é meu!

Mas o monge discordou:

— Não... Foi este outro indivíduo quem o trouxe.

Então, o terrível demônio arrancou-lhe um braço e o devorou.

— Maldição! — lamentou-se o primeiro demônio. — Isso tinha de acontecer justo comigo!

Arrancando um braço do cadáver, colou-o no monge, substituindo o que havia sido devorado pelo outro demônio que, imediatamente, arrancou outro braço do monge e devorou-o. O primeiro demônio, então, apressou-se a substituí-lo, tal como fizera com o outro. As pernas passaram pelo mesmo processo e, depois, foi a vez da cabeça. Assim, enquanto o monge praticava o *zazen*, seus membros foram arrancados e substituídos pelos do cadáver. Já nada restava do seu corpo original. E então o monge se perguntou:

— Este não é o cadáver que motivou a luta dos demônios... E este tampouco sou eu. Quem será, portanto, este ser?

\* \* \*

Havia um rapaz que tinha um cavalo magnífico, do qual muito se orgulhava. Certo dia, o cavalo fugiu. E, por mais que o procurasse, o rapaz não conseguiu encontrá-lo. A família ficou desolada.

Poucos dias depois, o cavalo apareceu, acompanhado de uma bela égua. E, assim, a desgraça se converteu em felicidade. O rapaz ficou louco de alegria, mas o pai o advertiu:

— Não seja tolo e não fique tão contente.

No dia seguinte, ao montar o cavalo, o rapaz caiu e quebrou uma perna. A felicidade agora se transformava em desgraça. Pouco tempo depois, explodia a guerra. Todos os homens jovens do povoado foram convocados... Todos, menos o rapaz, que tinha ficado manco, por conta da queda que sofrera. E, assim, foi declarado incapaz. A maioria dos jovens morreu no campo de batalha. Apenas aquele rapaz se salvou, graças ao fato de ser manco. A desgraça, uma vez mais, se convertia em felicidade.

\* \* \*

O rei de um país onde só havia cegos ouviu falar de um animal fabuloso, que se chamava "elefante". Ansioso por saber como era esse animal, enviou os quatro cegos mais sábios do reino ao lugar onde vivia o elefante, para que o estudassem e o descrevessem com exatidão, quando voltassem.

Os quatro sábios cegos partiram ao encontro do animal. Quando chegaram diante dele começaram a apalpá-lo, com extrema atenção. Um dos cegos agarrou a tromba e começou a tateá-la, de cima a baixo, repetidas vezes. Outro tocou uma orelha e apalpou-a lentamente, com muito cuidado. O terceiro cego tocou uma pata e nela concentrou-se, com toda a atenção. O quarto, por fim, conseguiu pousar ambas as mãos na parte central do corpo do elefante. Tateou-o com acuidade, examinando-o atentamente, com o intuito de memorizar cada detalhe.

A primeira coisa que os cegos fizeram, quando voltaram ao seu país, foi se apresentarem ao rei, que estava ansioso por notícias.

— E então, contem-me ... como é o elefante?

O primeiro cego, adiantando-se, disse:

— Oh, rei! O elefante é uma criatura metade serpente metade cipó. Pois, embora possua a mobilidade das víboras, não tem a faculdade de arrastar-se pelo solo, já que tem uma das extremidades presa a uma pedra. E a partir dessa pedra pode subir, descer, girar como um cipó que pende de uma árvore...

— Mas que absurdo você está dizendo! — protestou o segundo cego. — O elefante em nada se parece com a sua descrição. — E voltou-se para o rei. — Majestade, o elefante é uma lâmina fina e larga, marcada por veias e rugas, que brota de uma parede à qual está presa...

— Ora, vamos! — interveio o terceiro cego. — Mas que conversa é essa? — E virou-se para o rei: — Esse animal que Vossa Majestade anseia por conhecer é, na verdade, uma árvore! Sim, uma árvore, mas com uma peculiaridade: sua seiva é quente e, quando tocada, pulsa e estremece.

O quarto cego se adiantou e, com um gesto de impaciência, disse:

— Majestade, meus três companheiros estão equivocados. Devem ter tocado outra criatura, por engano, e não um elefante. Posso garantir que o ser que apalpei com todo cuidado, com ambas as mãos, *era* um elefante. E posso afirmar, sem sombra de dúvida, que é uma criatura semelhante a uma colina deserta, quase sem vegetação, apenas com um ou outro tufo de erva rala e ressecada. Mas ele se move e irradia calor... E de seu interior brota um ruído compassado como o percutir de um tambor...

Os outros cegos irromperam em indignados protestos. Cada um, por sua vez, assegurava e jurava que o elefante era tal como o havia descrito e tocado.

O povo do reino se dividiu: cada habitante acabou tomando partido de um ou de outro sábio cego, segundo sua simpatia. E ainda hoje não se chegou a um acordo.

\* \* \*

Há muito tempo, viveu um rei que tinha um péssimo gênio. Ansioso por mudar seu modo de ser, que só lhe trazia problemas, ordenou a um criado que fosse procurar um mantra, capaz de curar seus acessos de cólera.

O criado caminhou por todo o reino, em busca do mantra. Anos depois, chegou a um templo onde, segundo haviam lhe dito, poderia encontrar aquilo de que seu rei necessitava. Mas o mantra era muito caro... Demasiado caro, aliás. Ou ao menos assim pareceu ao criado. Então o abade do templo lhe disse:

— Se lhe parece caro demais, esqueça-o! Não tenho, mesmo, nenhuma pressa em vender este mantra.

— Mas acontece que meu rei está à espera dele. E já faz três anos que estou à procura desse mantra. Portanto, vou levá-lo.

Assim, o criado pagou o preço pedido pelo monge e voltou para o reino. Antes de ir ao palácio real, resolveu passar em casa para falar com a esposa. Ao aproximar-se da janela, viu-a conversando com um homem, do qual não conseguiu observar o rosto, pois ele estava de costas. A mulher parecia contente e fitava o homem com uma expressão de carinho. O ciúme invadiu o coração do criado.

*Maldita mulher*, praguejou, em pensamento. *Atreveu-se a trazer um amante à nossa própria casa!* E puxando um punhal que sempre levava consigo, decidiu entrar na casa e surpreender os dois.

A cólera, dominando-o por completo, não o deixava sequer respirar direito. Foi então que ele se lembrou do mantra, que tão caro havia custado. E resolveu testar sua eficácia ali mesmo, em si próprio. Abriu, com muito cuidado, o pequenino papel dobrado com esmero, e leu:

*Tenha paciência.*
*Concentre-se na expiração.*
*Alongue bem a coluna vertebral,*
*Alongue a nuca*
*E deixe o queixo numa posição confortável.*

— Isso é tudo? — exclamou o criado, perplexo. — E pensar que paguei um bom dinheiro por este mantra!

Então constatou, ainda mais perplexo, que sua cólera havia desaparecido. Com toda calma, entrou em casa. Ao vê-lo, a esposa atirou-se em seus braços, com uma exclamação de alegria. E o sogro — pois era este o homem que estava em companhia da mulher — cumprimentou-o afetuosamente, mostrando-se muito contente com seu regresso.

— Que mantra mais eficaz! — disse o criado, feliz.

E, muito satisfeito da vida, foi levar o mantra ao rei, pensando naquela magnífica mudança de estado de espírito pela qual havia passado, em tão poucos instantes.

\* \* \*

Certa vez um menino, filho de um ladrão, pediu ao pai que lhe ensinasse o ofício.

— Siga-me — disse-lhe o pai, numa noite.

Os dois entraram sorrateiramente no jardim de um homem muito rico.

— Antes de entrar na casa, temos de urinar... Assim seremos bem ligeiros, na hora da fuga — disse o pai.

Assim fizeram e logo entraram na casa. No *hall*, havia um grande baú. E o pai disse:

— Trate de entrar neste baú, mas sem fazer ruído. Caso contrário, acabará acordando toda a família.

O filho obedeceu. O pai fechou a tampa de um só golpe e, trancando a porta, saiu correndo e foi embora para casa.

No interior do baú, o filho, apesar de aborrecido, não se atrevia a gritar.

A família, que tinha escutado alguns ruídos, correu para ver o que estava acontecendo. O filho do ladrão, aterrorizado, pensava: *Tenho de fugir daqui o mais depressa possível*.

Experimentou a tampa do baú e, ao ver que tinha conseguido abri-la, deu um tremendo salto e se pôs a correr, seguido de perto por toda a família. No caminho, deparou com um poço e, pegando uma enorme pedra, jogou-a lá dentro. Ao ouvir o "ploft!", seus perseguidores julgaram que ele havia caído no poço. Então voltaram para casa, tranquilos com o suposto desfecho da história.

Quando o menino chegou à casa onde morava e encontrou o pai, muito tranquilo, à sua espera, reagiu com indignação. E começou a recriminar o pai por sua conduta.

— Mas você não disse que queria aprender o ofício de ladrão? — disse o pai. — Pois ensinei-lhe a essência, a técnica principal do ofício: escapar e voltar para casa.

\* \* \*

Esta história foi tirada de um livro de metáforas do Sutra de Lótus:

Havia uma casa assombrada por um monstro, um fantasma.

Certo dia, três garotos lá entraram, acharam o local muito interessante e começaram a brincar. De repente, a casa começou a pegar fogo. O pai dos meninos acorreu, gritando:

— Saiam daí, já! Saiam! Vocês estão em perigo!

Mas a casa era muito interessante... E os três meninos, sem se dar conta do incêndio, não deram a menor atenção à advertência do pai, que então arquitetou um plano: preparou três carros puxados por vacas e decorou-os como se fossem carroças, com guirlandas de flores e sinetas. Depois, tornou a insistir:

— Venham! A carroça vai partir! Saiam da casa, meninos! — E fazia soar as sinetas.

Ao ouvi-las, os meninos assomaram à porta e acharam as carroças muito bonitas, muito interessantes. Saíram correndo da casa, subiram nas carroças e lá se foram, muito felizes.

\* \* \*

Um viajante caminhava por uma planície, na escuridão da noite. A planície era tão extensa que parecia não ter fim.

De repente, um animal monstruoso surgiu em meio à escuridão e começou a persegui-lo. O viajante correu como jamais fizera antes, em toda a sua vida, até que tropeçou numa pedra que o fez cair num buraco muito fundo. Mas, felizmente, ele conseguiu agarrar um cipó que pendia da parede do buraco e ali ficou, suspenso. Estava começando a se refazer do susto quando notou, horrorizado, que duas ratazanas roíam o cipó, que pouco a pouco ia cedendo. O viajante olhou para baixo: lá no fundo do buraco, uma assustadora serpente o esperava, com a mandíbula aberta... *Estou perdido!* Pensou o viajante. No momento seguinte, sentiu que algumas gotas lhe caíam na cabeça. Olhou para cima... E logo entendeu o que estava acontecendo: um enxame de abelhas trabalhava em sua colmeia e, de vez em quando, deixava cair uma gota de mel... Abrindo a boca, e saboreando o néctar, o viajante se esqueceu de todo o perigo que corria. Pois o mel estava delicioso!

\* \* \*

Certo dia, um monge que praticava takuhashi (mendicância), chegou à casa de um lapidador de diamantes. Este, deixando de lado seu trabalho, saiu da oficina e foi até a cozinha, onde começou a preparar um pouco de arroz para oferecer ao monge.

Naquele momento um pato entrou na oficina e, ao ver o diamante que brilhava, bem ali, no tapete, engoliu-o rapidamente.

O monge zen, que usava um *kesa* cor de carne, pensou: *Se o pato olhar para o meu kesa, pensará que se trata de um pedaço de carne.*

Nesse meio-tempo, o lapidador voltou da cozinha, trazendo uma tigela de arroz cozido. Bastou-lhe um olhar em torno para perceber que o diamante, que havia deixado sobre o tapete, fazia pouco, tinha desaparecido. Surpreso, concluiu: *Certamente esse monge roubou o meu diamante.* E sentiu-se terrivelmente aborrecido.

— Foi você quem me roubou o diamante? — perguntou ao monge, com o rosto corado pela ira.

— Não, de modo algum — respondeu o monge. — Não fui eu.

— Pois, então, quem foi?

O homem continuou a insultar o monge, com uma cólera crescente. Por sua vez, o monge não queria acusar o pato, pois sabia que, se o fizesse, o homem o mataria.

De repente, o pato, que não conseguia digerir o diamante, começou a sentir-se mal e a grasnar muito alto, tamanha era sua aflição. O lapidador, fora de si, começou então a agredir o pato, que se agitava ainda mais, grasnando cada vez mais alto... Até que o lapidador, golpeando-o com força, acabou por matá-lo.

Então o monge pensou: *Certamente o diamante era mais importante para esse homem do que o pato.* E, voltando-se para o lapidador, disse:

— Não roubei o diamante que você deixou sobre o tapete. Foi o pato que o comeu.

Mas o homem não acreditou:

— Por que não me disse antes? Bem! Deixe estar! Já que o pato está morto, vou comê-lo. — Abriu o animal e ali estava o diamante.

# CHINA

PATRIARCAS • MESTRES • CONTOS TRADICIONAIS

Mestre Eno, o Sexto Patriarca, perguntou a seu discípulo Engaku:
— O que é isso?
Engaku respondeu:
— O que é isso o quê?
E Eno deu a transmissão a Engaku.

\* \* \*

Um monge praticava *zazen* na biblioteca de um templo. Ao vê-lo, o bibliotecário disse:
— O que está fazendo aqui? Por que não está lendo os *Sutras*?
O monge respondeu:
— Não sei ler.
— E por que não pede a algum outro monge que os leia para você? — perguntou o bibliotecário.
Então o monge, cruzando os braços, olhou-o fixamente, enquanto perguntava:

— Você conhece esta letra?
Sem nada responder, o bibliotecário fez o *gasshô*.

\* \* \*

O monge Gensha se preparava para deixar o templo de seu Mestre Seppo para aprofundar sua prática ao lado de outros mestres. Embora houvesse praticado dia e noite, durante vários anos, ainda não se sentia satisfeito. Assim, arrumou sua bagagem e começou a descer a montanha. Logo no início da caminhada, tropeçou numa pedra e machucou o dedão do pé, que sangrava demais, enquanto Gensha, vencido por uma dor aguda exclamou, subitamente desperto e livre:

— Se este corpo que é meu não existe, então de onde vem essa dor?

E virando-se tornou a subir a montanha, decidido a ficar ao lado de seu mestre.

— Já está de volta? — perguntou Mestre Seppo, ao vê-lo.

— Já! — respondeu Gensha. — Nunca mais me deixarei enganar pelos outros!

\* \* \*

Um mestre, que saboreava um melão, ofereceu-o ao discípulo.

— E então, o que me diz? Está gostoso? O que achou do sabor?
— Delicioso, mestre! — respondeu o discípulo.
— O que está delicioso... o melão, ou sua língua? — perguntou o mestre.

O discípulo, tentando raciocinar rápido, conseguiu por fim a confusa resposta:

— O sabor do melão, puramente falando, não existe. Na verdade, o que percebemos é um sabor que nasce da interdependência entre a língua e o melão, e não apenas entre ambos, mas também...

— Mas como você é idiota! — o mestre o interrompeu, encolerizado. — Por que complicar o espírito dessa maneira? O melão está simplesmente saboroso... E isso é tudo!

\* \* \*

Mestre Issan tinha uma vaca, com a qual costumava passear frequentemente. A maioria das vacas tem uma argola no focinho, para que seus donos possam conduzi-las por uma corda. Mas a vaca de Issan vivia livre, sem necessidade de argolas nem cordas.

Quando Issan saía do templo, encontrava a vaca à sua espera. Levava-a, então, ao campo, para pastar a grama fresca e tenra, sem que argola alguma atrapalhasse seus movimentos.

Quando Issan a chamava, depois de praticar o *zazen*, a vaca atendia prontamente. Então Issan montava em seu lombo, perguntando:

— Para onde iremos hoje?
— Para onde você quiser! — respondia a vaca.
Certo dia, Issan disse a seus discípulos:
— Cem anos depois de minha morte, renascerei em forma de vaca. Pertencerei a alguém que viverá ao pé dessa montanha. Em meu flanco direito estará escrito: "Eu sou Issan." E então, se vocês disserem que a vaca sou eu, estarão equivocados, pois é claro que a vaca será uma vaca... Mas se disserem que ela "não passa de uma vaca", também estarão equivocados, pois a vaca será, serei, eu.

\* \* \*

Joshu Shinsai era discípulo de Nansen que, por sua vez, era discípulo de Baso e de Nangaku. Certo dia, perguntou ao seu mestre:
— O que é o *Caminho*?
Nansen respondeu:
— *Heijo shin kore do*.
Joshu compreendeu, mas apenas intelectualmente:
— "Cada coisa é o Caminho"... Concordo. Mas como posso compreender isso inteiramente, através de todas as células do meu corpo?
— Se você *tenta* compreender, é porque ainda está longe do *Caminho* — afirmou Nansen.
— Mas, se eu abandonar a busca, como saberei que cada coisa da vida cotidiana faz parte do *Caminho*? — Joshu insistiu.

— O Caminho não depende do seu conhecimento, nem da sua ignorância. A vida cotidiana não é a prova exterior da verdade, nem da falsidade. É *kore do*, é o *Caminho em si* — respondeu Nansen e, elevando a voz, acrescentou: — Todo o mundo compreende isso! O que mais você quer?

Ante dessas palavras, Joshu compreendeu, profunda e intimamente, o *Caminho*.

\* \* \*

Num dia em que Nansen trabalhava no campo, fora do monastério, um monge aproximou-se para perguntar:

— Qual é o caminho até Nansen?

Erguendo a foice, Nansen respondeu:

— Paguei muito barato por esta ferramenta.

— Não me interessa o preço de sua foice — disse o monge. — Quero saber qual é o caminho até Nansen.

— Esta foice me foi muito útil — Nansen replicou.

\* \* \*

Joshu trabalhava na cozinha do templo. Certo dia, fechou todas as portas, atiçou as brasas até conseguir um verdadeiro fogaréu e se pôs a gritar:

— Socorro! Ajudem! Fogo! Fogo!

Todos os monges se agruparam diante da porta e então Joshu disse:

— Só abrirei a porta quando alguém pronunciar uma palavra do *Caminho*.

Os monges ficaram em silêncio. Nansen, porém, com toda a naturalidade, entregou a Joshu a chave da porta, através de uma janela aberta. E Joshu, por sua vez, abriu a porta.

\* \* \*

Em algum ponto do oceano, existe um lugar chamado "Portal do Dragão", onde grandes ondas se erguem, incessantemente. Quando um peixe atravessa esse portal, transforma-se em dragão. Daí o nome do lugar: "Portal do Dragão". Curiosamente, as ondas que ali se erguem não diferem das de outros mares. E, no entanto, de um modo misterioso, todos os peixes que atravessam esse umbral viram dragões. Porém, na aparência, o corpo, as escamas e todos os outros órgãos continuam os mesmos... Mas, na realidade, aqueles peixes são, agora, dragões.

\* \* \*

Shikan, mestre zen, foi o mais brilhante discípulo de Rinzai. A primeira vez que Rinzai viu Shikan, pediu-lhe que entrasse. Então Shikan disse:
— Concordo, compreendo.
Rinzai afirmou:

— Estou de acordo com você, mas não concordo com tudo.

Depois disso, Shikan tornou-se seu discípulo. Mais tarde, Shikan deixou a companhia de Rinzai e foi visitar Matsusan (o outro nome da monja Ryonen).

Matsusan perguntou-lhe:

— De onde você vem?

— Da boca de um sapo (Entrada do *Caminho* de Buda) — respondeu Shikan.

Então Matsusan disse:

— E por que você não fechou essa boca?

Incapaz de responder, Shikan reverenciou-a com um *sampai* e tornou-se seu discípulo. Em outra ocasião, perguntou à monja:

— Que tipo de montanha é Matsusan?

Ela respondeu:

— *Fu Ro sho* (Aquela que não mostra seu cume).

Então Shikan disse:

— E que tipo de gente vive nessa montanha?

— Alguém que não tem aspecto de homem, nem de mulher — disse Matsusan.

— E por que não o transforma em homem? —

Matsusan respondeu:

— Não sou o espírito de uma raposa selvagem... Portanto, como iria transformá-lo?

Shikan fez *raihai* diante da Monja, que acabava de despertar seu espírito de santidade, e serviu-a como jardineiro-chefe, por três anos. Mais tarde, ao tornar-se mestre, costumava dizer a seus discípulos:

— Recebi meia colher de ensinamento do bom pai Rinzai, e meia colher da mãe Matsusan: portanto, tenho uma colherada inteira de ensinamento. Hoje, sinto-me totalmente satisfeito e já não desejo mais nada.

\* \* \*

A monja Myoshin era discípula do Mestre Gyosan. Certo dia, como o cargo de administrador do monastério estivesse vago, Gyosan reuniu os monges mais antigos, para que elegessem um novo administrador. Depois de ouvir a opinião de todos, disse:

— É verdade que a monja Myoshin, da província de Waisu, é uma mulher. Mas seu espírito é tão elevado quanto o de qualquer homem deste monastério. Ela é uma pessoa idônea, ideal para esse trabalho.

Todos os discípulos concordaram e, assim, Myoshin foi nomeada administradora.

Certo dia, quando trabalhava no setor administrativo, aos pés da montanha onde ficava o monastério, chegaram dezessete monges da província de Shoku, para ver Gyosan e ouvir seu *Dharma*.

Como ficou muito tarde, os monges decidiram pernoitar nas dependências do setor administrativo. À noite, começaram a conversar e discutir sobre a célebre história do Sexto Patriarca Eno, do vento e da bandeira. Todos opinaram, mas nenhum deles chegou sequer próximo da verdade.

Já deitada para dormir, num aposento contíguo, a monja Myoshin ouvia a discussão e pensava:

*É uma pena... Esses dezessete anciões gastaram suas sandálias de palha no percurso de tantas peregrinações e, no entanto, ainda não perceberam o Dharma de Buda, nem mesmo em sonhos.*

Pela manhã, uma secretária de Myoshin foi contar aos monges sobre a opinião de sua superiora a respeito da conversa e da discussão que haviam travado, na noite anterior.

Depois de ouvi-la, nenhum deles mostrou-se irritado ou ressentido. Ao contrário: sentiram vergonha de sua falta de compreensão a respeito do *Caminho*. Cada um deles vestiu seu *kesa* e recolheu seu *zafu*. Depois, foram até Myoshin, ofereceram incenso e pediram que os instruísse.

— Venham, aproximem-se — disse ela.

Mas, antes que pudessem fazê-lo, gritou:

— *Fuze fu do*! (O vento não se move!) *Fuze han do*! (A bandeira não se move!) *Fuze shin do*! (O Espírito não se move!)

Todos refletiram, sinceramente, sobre essas palavras. Fizeram *raihai* diante da monja, em sinal de gratidão, e tornaram-se seus discípulos.

Pouco depois, regressaram a Seishoku, sem nem mesmo terem falado com Gyosan.

\* \* \*

Certo dia, depois de praticar *zazen*, um monge perguntou ao grande Mestre Kodo Yakusan:

— O que o mestre faz, durante o *zazen*, enquanto permanece imóvel como uma montanha?

O mestre respondeu:

— Com respeito ao *fushiryo* (não consciência, não pensamento), pratico *shiryo* (a consciência, o pensamento).

— E como podemos chegar ao *fushiryo*?

— Pelo *hishiryo* (*além do pensamento*) — respondeu Yakusan.

\* \* \*

Nangaku era discípulo de Eno, o Sexto Patriarca. Eis a conversa que mantiveram, em seu primeiro encontro:

— De onde você vem? — pergunta Eno. — E por que veio?

Silêncio de Nangaku.

— Quem é você? — insiste Eno.

Nangaku permaneceu calado. Não podia responder. Afastando-se, refletiu sobre essa pergunta durante oito anos. (Antigamente, as pessoas tinham tempo para pensar!) Dedicou, pois, oito anos a essa reflexão e depois voltou a procurar Eno. (Atualmente, as pessoas respondem às perguntas antes mesmo que sejam formuladas. Falam demais e ouvem de menos. Mas Nangaku deixou passar nada menos que oito anos, antes de responder!)

— Compreendi a pergunta — disse ele.

— Explique o que você compreendeu — pediu Eno.

A resposta de Nangakuy constitui um célebre *koan* na história do zen:

— Posso responder, mas minha resposta não poderá, jamais, alcançar a verdade pura.

— Não posso certificar seu *satori*, com essa resposta! — disse Eno.

E Nangaku:

— Certamente há a prática e a comprovação, mas não podemos manchá-las com nosso pensamento. Por isso, não devemos nos apegar a elas.

E Eno:

— Desapego: esta é a verdade dos pensamentos dos mestres da transmissão. É a verdadeira liberdade, a pura verdade.

\* \* \*

— Há quanto tempo você é meu discípulo? — perguntou o Mestre Hogen a seu discípulo, Sekko.

— Há três anos — respondeu Sekko.

Então o mestre disse:

— Suponho que você esteja aqui para solucionar o problema mais importante de sua vida... Então, por que você ainda não me perguntou nada sobre isso?

Sekko respondeu:

— A verdade é que quando eu era discípulo do Mestre Seiho compreendi o segredo do budismo, ou seja: a liberdade interior.

Hogen tornou a questioná-lo:

— E como você expressaria esse segredo?

Sekko respondeu:

— Quando perguntei ao Mestre Seiho o que era o verdadeiro ego, ele disse: "É um menino chamado Byojo, que vem me pedir fogo." (*Byojo*, tanto em chinês quanto em japonês, significa "de fogo".)

— Muito bem! — disse Hogen. — Mas será que você compreendeu, verdadeiramente, o sentido dessas palavras?

— *Byojo* é *fogo*. O significado da resposta é: "O fogo pedindo fogo." Então, compreendi que o jeito de encontrar o verdadeiro ego é deixar que o próprio ego se encarregue de fazê-lo.

— Bem que eu imaginava! — disse o Mestre Hogen. — Você não compreendeu nada! Se fosse este o significado, o budismo não teria jamais chegado a nós, aos nossos dias.

Sekko, muito preocupado, assim refletiu:

*Hogen é o maior mestre do nosso tempo. Certamente devo estar equivocado. Vou perguntar de novo, então...*

Voltou a procurar Hogen e, depois de pedir desculpas, formulou a seguinte questão:

— O senhor poderia me dizer qual é meu verdadeiro ego?

Hogen respondeu:

— É um menino chamado *Byojo*, que vem me pedir fogo.

Ao ouvir essa resposta, idêntica à do Mestre Seiho, Sekko despertou verdadeiramente. E compreendeu.

\* \* \*

Certo dia, o Mestre Sekito enviou seu discípulo, Yakusan, para fazer uma visita ao Mestre Daijaku.

Ao chegar diante de Daijaku, Yakusan perguntou:

— Por mais que eu tenha buscado no ensinamento dos três veículos e das doze escolas, ainda não consegui compreender o sentido oculto dos *Sutras*. Por favor, poderia me dizer por que Bodhidharma veio do oeste?

O Mestre Daijaku respondeu:

— Às vezes, erguemos as sobrancelhas e piscamos os olhos... Outras vezes, não.

Ao ouvir a resposta de Daijaku, Yakusan despertou por completo, saudou-o com respeito e disse:

— Quando eu estava com Mestre Sekito, e tentava compreender isso, era como um inseto tentando picar uma vaca de ferro.

\* \* \*

O mestre zen, Daichi do monte Hyakujo, trabalhou todos os dias de sua vida, sem exceção, desde que se tornou discípulo de Baso, até sua morte. Era já um ancião e, no entanto, trabalhava arduamente, todos os dias, tal como os monges mais jovens. Os discípulos, argumentando sobre sua idade avançada, tentavam convencê-lo a descansar, mas ele não lhes dava atenção.

Certa vez, os monges esconderam as ferramentas de Hyakujo, que então recusou-se a comer, já que, segundo seu ponto de vista, não havia feito nada pela comunidade naquele dia.

Ao ser interpelado por seus discípulos, respondeu da seguinte maneira:

— Um dia sem trabalho é um dia sem alimento.

Essa frase tornou-se célebre em toda a China, durante a Dinastia Sung, pois ilustrava perfeitamente o ensinamento de Hyakujo, baseado na prática cotidiana.

\* \* \*

Certa vez, Hojo perguntou a seu Mestre Baso:
— O que é o Buda?
— O espírito cotidiano é o Buda — Baso respondeu.

Ao ouvir essas palavras, Hojo despertou por completo e então dirigiu-se ao monte Daibai, deixando para trás, e para sempre, o mundo social. Construiu uma cabana rústica, próxima a um pequeno lago, onde havia lótus em abundância. E foi com as folhas de lótus que Hojo passou a se vestir. Alimentava-se de frutos do bosque, principalmente pinhões, que ali existiam em grande quantidade. As rãs e os animais selvagens eram sua única companhia. Praticava *zazen* e não se ocupava nem um pouco dos assuntos mundanos. Para não dormir, usava um pesado chapéu de ferro. Assim evitava o sono. E assim viveu e praticou durante trinta anos, até sua morte.

Um dia, um monge — que era discípulo de Saian — saiu do templo em busca de lenha e acabou se perdendo na montanha. Foi assim que chegou à ermida de Hojo. Contam que isso aconteceu graças a uma rã que, saltando à sua frente, indicou-lhe o caminho. O monge ficou perplexo ao ver Hojo vestido de modo tão extravagante: com um hábito inteiramente feito de folhas de lótus e um pesado chapéu de ferro na cabeça.

— Há quanto tempo está vivendo aqui? — perguntou-lhe o monge.

— Já perdi a conta — respondeu Hojo. — Não presto a menor atenção à passagem dos dias e dos meses. Mas as cores da montanha mudam do verde para o amarelo, do amarelo para o ocre e do ocre para o branco. Quanto ao som do arroio, às vezes é muito forte e em outras é tão tênue que chega a tornar-se inaudível.

O monge voltou ao monastério e contou a Saian sobre seu encontro com Hojo. Então Saian enviou uma mensagem a Hojo, pedindo-lhe que deixasse a montanha e viesse ao monastério para fazer um sermão. Hojo respondeu com o seguinte poema:

> *No bosque profundo*
> *as árvores envelhecem, intactas.*
> *Embora eu tenha visto muitas primaveras,*
> *meu coração não se alterou.*
> *Se o lenhador ignora a madeira,*
> *por que o carpinteiro haveria de amá-la?*

Depois disso, Hojo refugiou-se no recanto mais remoto da montanha e compôs outro poema:

> *No lago crescem inumeráveis lótus;*
> *os pinhões me oferecem alimento ilimitado.*
> *O mundo descobriu meu refúgio.*
> *Então, devo fixar minha morada*
> *no ponto mais recôndito da montanha.*

Em outra ocasião, Baso — antigo Mestre de Hojo — enviou um monge até ele, para que lhe perguntasse sobre a compreensão que havia alcançado.

— Por que está vivendo nesta montanha, de modo tão solitário? — indagou o monge.

— Porque, certa vez, Baso me disse: "O espírito cotidiano é o Buda". — Hojo respondeu. — Por isso, vivo aqui.

— Mas Baso mudou seu ensinamento. — O monge replicou. — Atualmente, ele diz: "Não há espírito, nem Buda."

Hojo retrucou, tranquilamente:

— Ainda que ele queira me confundir, ainda que agora diga que não há espírito, nem Buda, continuarei acreditando e dizendo que o espírito cotidiano é Buda.

O monge levou essa resposta até Baso, que exclamou:

— A ameixa amadureceu! (Pois Hojo significa "ameixa".)

Dizem que quando Hojo morreu, os animais da montanha construíram um *stupa* para guardar seu corpo.

\* \* \*

O Mestre Obaku (Huang Po, em chinês) assistiu certa vez a uma cerimônia oficial, à qual compareceu o imperador T'ai Chung.

Observando que Obaku, ao entrar no *dojô*, fazia *raihai* (uma tripla prostração) diante do Buda do altar, o imperador perguntou-lhe:

— Se o senhor mesmo prega que não devemos esperar nem exigir nada do Buda, do Dharma ou da Sangha, então o que está buscando com essas prostrações e reverências?

Obaku respondeu:

— Nada espero do Buda, do Dharma ou da Sangha, mas é assim que costumo demonstrar meu respeito.

— E qual a serventia disso? — insistiu o imperador.

Como resposta, Obaku deu-lhe uma sonora bofetada.

Atônito, o imperador disse:

— Oh, que grosseria!

— Mas que ideia é essa de fazer distinção entre a grosseria e os bons modos!? — exclamou Obaku, antes de uma segunda bofetada, que deixou o imperador ainda mais perplexo.

\* \* \*

O Mestre Gutei costumava praticar *zazen* em sua ermida, na montanha, sobre um assento de ervas.

Certo dia, recebeu a visita de uma velha monja, que lhe disse:

— Olá, como vai? Já conseguiu compreender? — E fitava-o, à espera da resposta.

Gutei abriu a boca, mas fechou-a, antes de pronunciar sequer uma palavra... Pois não sabia o que dizer.

A monja voltou-se, para partir. Erguendo-se do assento, Gutei disse:

— Querida irmã, daqui a pouco vai anoitecer. O caminho de volta é árduo e perigoso. Então, convido-a a pernoitar aqui, em minha ermida.

— Se você já conseguiu compreender, então ficarei para dormir.

Mais uma vez, Gutei quis responder... E não conseguiu! Então a monja partiu, deixando-o muito triste.

*O que devo compreender? E o que será que ainda não entendi?* Ele se perguntava.

Naquela noite, teve um sonho no qual o Deus da montanha aparecia para lhe dizer:

— Nesta montanha vive um grande Bodhisattva, que virá visitá-lo amanhã. Portanto, não saia daqui.

De fato, no dia seguinte, um rapaz alto e vigoroso chegou à ermida de Gutei, e lhe perguntou:

— Qual é a essência do budismo... você já conseguiu compreendê-la?

Como resposta, Teanryo (Dragão celeste) — pois era este o nome do Bodhisattva — ergueu o polegar diante do rosto de Gutei que, imediatamente, conseguiu o *satori*.

A partir daquele momento, quando alguém perguntava a Gutei se ele compreendia a essência do zen, limitava-se a erguer o polegar. Esse era o seu ensinamento.

Seu secretário, que era quase um menino, imitava-o; e não se cansava de mostrar o polegar, a todo momento. Certo dia, Gutei o chamou. O pequeno monge correu em direção ao mestre, com o polegar levantado. Então Gutei, num movimento rápido, cortou-lhe o polegar e perguntou:

— Qual é a essência secreta do budismo?

O pequenino e aturdido monge, erguendo o rosto banhado em lágrimas, quis fazer o gesto que lhe era tão característico: esticar e erguer o polegar... que fora cortado! Nesse exato momento, despertou. E compreendeu.

\* \* \*

Certo dia, um notável discípulo do Mestre Daimon foi visitá-lo em seus aposentos e disse:

— Por favor, mestre, acho que mereço o posto de *Shuso* na ala posterior do *dojô*.

Com lágrimas nos olhos, Daimon respondeu:

— Jamais imaginei que algum dia ouviria essas palavras de sua boca. É um grande erro, na busca do *Caminho*, desejar qualquer tipo de honra, merecida ou não. Por que você quer ser *Shuso*? Acaso você veio a este templo apenas com o objetivo de ocupar os postos mais elevados, em nossa hierarquia... E não para estudar e aprender o *Caminho*? De bom grado eu lhe ofereceria meu posto de abade... Mas sua atitude é por demais abominável. Não é à toa que os outros monges não alcançaram a iluminação! Apesar de sua compreensão intelectual do Dharma ser muito elevada, inclusive superior à minha, a atitude que você acaba de tomar prejudicará, sem dúvida, seu aprendizado do *Caminho* insuperável. Que desgraça!

E o mestre chorava amargamente, tamanha era sua tristeza.

Diante disso, o monge se sentiu tão envergonhado que saiu sem dizer uma só palavra. E nunca mais desejou nenhum tipo de honra, homenagem ou cargos importantes.

\* \* \*

O monge Sekito tinha dezesseis anos quando recebeu sua ordenação, diretamente de Eno. E quando Eno morreu, Sekito dedicou-se a fazer *zazen* diante de seu túmulo.

Certo dia, um discípulo do finado Eno aproximou-se do túmulo e, ao ver Sekito, perguntou:

— O que está fazendo?

Sekito respondeu:

— Antes da morte de Mestre Eno, fiz-lhe a seguinte pergunta: "De quem deverei receber o *shihô*? E ele me respondeu: "Jin Shi Ko" (busque o pensamento). E é isso que faço: trabalho a busca do pensamento, diante de sua sepultura.

— Como você é idiota! — exclamou o antigo discípulo do mestre. — Ao lhe dizer isso, o Mestre Eno se referia a *Gyo-shi*. Portanto, você deve receber o *shihô* de Seigen (nome da montanha onde ficava o *dojô* do discípulo mais antigo de Eno, cujo verdadeiro nome era Gyo-shi).

Ao ouvir essas palavras, Sekito partiu ao encontro de Seigen que, ao vê-lo, indagou:

— De onde você vem?

— De Sohei — respondeu Sekito. (Sohei era o *dojô* do Mestre Eno.)

— E o que você trouxe de lá?

Sekito respondeu:

— O que eu trouxe já existia, antes mesmo que eu conhecesse Mestre Eno. Ou seja: só compreendi o que existia antes do meu nascimento pela prática do *zazen*, no *dojô* de Sohei.

Seigen nada respondeu. Então Sekito perguntou:

— O senhor sabe qual é meu rosto original?

\* \* \*

Certa vez, Mestre Sekito leu num livro muito conhecido, cujo autor era um mestre chamado Jo, o seguinte poema:

> *O autêntico sábio*
> *é um homem inteligente.*
> *Reúne, junta e mescla*
> *todas e cada uma*

*das existências.
Realizando a fusão do todo,
consegue criar o Eu.
O espírito genuíno de cada coisa
funde todas as existências
segundo o seu espírito.*

\* \* \*

O Mestre Obaku havia se tornado célebre em toda a China.

Sua mãe, uma velha senhora cega, com quem nunca mais tivera contato desde que saíra de casa para ser um monge zen, ansiava por encontrá-lo, nem que fosse apenas por uma única vez, antes de morrer. Porém, como Obaku viajava constantemente, ela não conseguia localizá-lo.

A velha senhora se estabeleceu, então, à margem de um caudaloso rio, junto ao cais de onde partia e chegava a barca que transportava viajantes de uma margem à outra.

Ela fazia trabalhos humildes, como vender passagens para a barca, ou massagear os pés dos viajantes fatigados. Assim, acreditava que algum dia conseguiria reencontrar o filho. Pois, embora não pudesse vê-lo, saberia reconhecer as marcas que Obaku tinha nos pés... Marcas, cicatrizes que a velha senhora havia acariciado muitas vezes, durante a infância de Obaku, quando ainda era jovem e podia enxergar.

O tempo passou. E um dia, tal como a anciã sonhava, Obaku apareceu no cais. Tão logo começou a massagear os pés daquele exausto viajante, ela reconheceu o filho. Tinha certeza de que sua intuição de mãe não a enganava. Mas, mesmo assim, pediu:

— Diga-me o seu nome! Você é Obaku? Pois, se for... Saiba que sou sua mãe.

Obaku, porém, não se mostrou nem um pouco impressionado. Tampouco esperou pelo fim da massagem. Apenas afastou-se em direção à barca, sem dar importância às súplicas da mãe.

Foi um discípulo de Obaku quem respondeu à pobre mulher que sim... Que, efetivamente, aquele que acabava de entrar na barca era Obaku. Então a anciã, louca de alegria, correu e tentou embarcar também. Mas a barca já havia começado a se mover. E a pobre mulher, que por conta de sua cegueira não pôde perceber o perigo, caiu na água e se afogou.

Todos ficaram chocados com o acontecido. Mas Obaku, erguendo sua voz acima dos comentários, disse:

— Quando a mãe de um verdadeiro monge morre para este mundo, renasce no reino celestial.

Muitos que o ouviram não concordaram... Outros julgaram que Obaku estivesse fora de seu juízo. Mas Obaku, naquele exato instante, contemplava sua mãe que subia ao céu.

\* \* \*

Gensha era pescador, assim como seu pai. Todos os dias, os dois saíam de casa em direção ao rio, para buscar o sustento da família.

Certa tarde, quando pescavam juntos, o pai caiu na água. Gensha tentou salvá-lo, mas, no momento em que estendeu a mão para o pai, compreendeu profundamente seu *karma* familiar. Então conduziu a barca até a margem do rio e, assim que pisou o chão, decidiu deixar tudo para trás. Dirigiu-se a um monastério e ali solicitou sua ordenação como monge zen.

Certa noite, o pai lhe apareceu em sonhos e agradeceu-lhe a ajuda prestada, deixando-o perecer.

— Sem a sua ação desinteressada, eu jamais poderia subir ao mundo celeste... Não se, por minha causa, você tivesse continuado naquela vida de pescador. Sobre minha morte recaem os infinitos méritos da sua ordenação como monge.

\* \* \*

Certa vez, alguns monges perguntaram ao Mestre Eno:

— O *kesa* que Mestre Konin entregou-lhe, no monte Obai, à meia-noite, é de algodão ou de seda?

— Nem de uma coisa nem de outra — respondeu Eno.

O *kesa* não é um tecido, não é seda nem algodão e sim o ensinamento profundo do *Caminho do Buda*, o segredo absoluto.

\* \* \*

Mestre Ungo Doyo tornou-se monge ainda muito jovem. Aos vinte e cinco anos, abandonou a vida monástica e os estudos budistas, dizendo:

— Por que um homem normal deve se prender a regras e preceitos?

E foi viver numa ermida, onde praticava *zazen*, sem se preocupar com nenhuma outra coisa. Sua prática era tão pura que os seres celestes se encarregaram de alimentá-lo.

Certo dia, um monge errante, ao passar pela ermida, contou-lhe sobre um grande mestre zen, chamado Tozan Ryokai. E Ungo resolveu conhecê-lo.

— Qual é o seu nome? — perguntou Tozan, ao vê-lo.

— Eu me chamo Ungo.

— E além desse nome, o que, ou quem mais é você? — Tozan replicou.

— Além desse nome, não posso nem mesmo me chamar Ungo.

— Esta é a mesma resposta que dei a meu Mestre Ungan — disse Tozan. E permitiu que Ungo Doyo permanecesse em seu templo.

Certo dia, Ungo perguntou a Tozan:

— O que significa o Ensinamento dos Patriarcas? Tozan respondeu:

— Se daqui a algum tempo você voltar à sua ermida, e se alguém aparecer por lá para lhe fazer essa mesma pergunta… O que você responderá?

Perante essa resposta, que era também uma pergunta, Ungo compreendeu seu erro e obteve o *satori*. Voltou à sua ermida. E os seres celestes já não precisavam alimentá-lo.

\* \* \*

O primeiro-ministro Riko convidou Yakusan a visitá-lo. E como este declinasse do convite, Riko resolveu procurá-lo. Havia estudado o zen nos livros. Não tinha experiência de *Gyoji*, a prática justa. Sua visão sobre o zen era apenas livresca.

Encontrou Yakusan lendo um *Sutra*, tão concentrado que nem ergueu os olhos para observá-lo. Ao fim de algum tempo de espera, Riko, aborrecido, disse:

— Ouvir vale cem moedas... Olhar vale uma! — E voltou-se para partir.

Foi então que Yakusan falou:

— *Kini Maku Sengen*. (Não respeite apenas as orelhas, nem despreze os olhos.)

Riko indagou:

— Qual é o verdadeiro *Caminho*, o verdadeiro *Tao*?

— A nuvem no céu azul — respondeu Yakusan. — A água na garrafa.

Naquele momento, Riko despertou, de corpo e alma. Ao regressar ao palácio, compôs um poema, que enviou a Yakusan:

*Treinava a prática de Gyofi*
*através do corpo,*
*que se assemelhava a um pássaro grou branco.*
*Fui procurá-lo e perguntei:*
*Qual é a essência do budismo?*
*E sua resposta, pura e simples, foi:*
*"A nuvem no céu azul,*
*a água na garrafa."*

\* \* \*

Havia um homem que tinha uma mulher tão bela, mas tão bela, que todos o invejavam.

Além de bela, sua mulher era honesta, tão apaixonada por ele que não dava importância ao assédio constante dos outros homens.

Certo dia, um senhor feudal viu essa mulher e enamorou-se imediatamente, com tal intensidade, que nem conseguia dormir. Chamou, então, o homem, que era seu vassalo, e ordenou que lhe entregasse a esposa.

Indignado, ele recusou-se.

Então o senhor feudal mandou que suas tropas cercassem a casa daquele homem. Queria vencê-lo pela fome.

O casal resistiu o quanto pôde. Mas chegou um momento em que foi preciso reconhecer que tudo estava perdido. Então, a mulher disse ao marido:

— Querido esposo, prefiro morrer a viver sem você.

— Tampouco me interessa viver, se não for para desfrutar sua doce companhia, minha amada. — E com lágrimas nos olhos, decidiu: — Vamos nos matar!

A mulher não esperou sequer mais um instante: correu até o terraço mais alto da casa e de lá se jogou, morrendo imediatamente.

O homem, ao ver sua adorada esposa prostrada, sem vida, começou a tremer de medo. E, mudando de opinião, optou por viver.

Foi ele mesmo quem narrou essa história muitas vezes... Outras pessoas a ouviram e repetiram, muitas e muitas vezes... E foi assim que ela chegou a nós.

\* \* \*

Eno trabalhava como lenhador, nos bosques da província de Shinshu, ao sul da China, perto de Cantão. Seu pai fora governador de um povoado perto de Pequim. Mas morrera quando Eno tinha apenas três anos. E, assim, a mãe resolvera migrar para o sul, onde, com Eno, passara por muitas dificuldades.

Eno não sabia ler, nem escrever, pois jamais frequentara a escola. Tão logo tivera forças para trabalhar, resolvera cortar lenha e vendê-la para sustentar sua pobre mãe, que agora já estava bem idosa. Mas isso não era um fato incomum, pois, na época, a maioria das pessoas que viviam no povoado era analfabeta.

Num dia especialmente chuvoso, Eno abrigou-se junto ao portão de uma casa. Esperava que a chuva amainasse, para continuar vendendo sua carga de lenha. Naquele momento, um homem recitava um *Sutra*, na casa vizinha:

...*Quando o espírito não se prende a parte alguma, o verdadeiro espírito aparece.*

Ao ouvir essas palavras, Eno, profundamente impressionado, teve um *satori*. Entrando na casa, perguntou ao homem:
— Que *Sutra* é esse que você estava lendo?
— É o "Kongo Kyo", o *Sutra do Diamante* — o homem respondeu. — Eu o recebi de Konin, o Quinto Patriarca, no monte Obai. Se você quiser mesmo compreender o profundo significado desse *Sutra*, vá até lá.
E Eno, sem hesitar nem um instante, deixou sua mãe e foi até o monte Obai, para conhecer Konin.

\* \* \*

Shiba-Onko foi um ministro célebre na história da China. Recebeu a ordenação de Bodhisattva de um grande mestre zen. E praticava o zazen assiduamente. Era um homem de grandes posses.

Certo dia, juntou todas as suas riquezas e atirou-as ao mar, no alto-mar... Fez questão de ir até bem longe da costa, para que seus bens materiais se perdessem nas profundezas e ninguém pudesse recuperá-los.

— Por que o senhor fez isso? — perguntavam-lhe.
— Por que não repartiu seus bens entre os pobres? Ou, então, por que não os doou aos templos e monastérios?

Ele respondia:

— A doação de minha riqueza aos pobres, ou aos templos e monastérios, poderia causar discórdia, desgraça e infortúnio a uns e outros. O ouro e a riqueza só trazem problemas.

\* \* \*

O rei Seko apreciava por demais os dragões. Nas paredes de seu palácio havia muitas pinturas de dragões. Nos pisos, os mosaicos de dragões pareciam reluzir. E, nos salões, havia estátuas e esculturas de dragões por toda parte.

Certa manhã, ao levantar-se, o rei Seko foi abrir a janela, como sempre fazia... E foi por ali que entrou um imenso dragão, para lhe mostrar de perto suas feições. O rei ficou tão assustado, tão transtornado, que desmaiou.

Na verdade, o rei Seko gostava apenas das imitações de dragões... Pois os autênticos lhe davam medo, muito medo.

\* \* \*

Um jovem monge apaixonou-se por uma bela prostituta. Abandonou o templo onde vivia e dirigiu-se ao povoado, com a intenção de declarar a ela o seu amor. Quando chegou, já era noite. Então, tomou um quarto numa pousada e, como estava muito cansado, não tardou a adormecer.

Naquela noite, sonhou que a desposava, que a levava nos braços para o leito e a possuía longamente... Sonhou que o tempo passava, que a mulher engravidava e dela nasciam gêmeos. Sonhou que as crianças cresciam... E que em seu décimo terceiro aniversário uma delas caía num rio e se afogava.

Arrasado pelo sofrimento, ele, o pai, chorava copiosamente, sem que nada o consolasse... E foi assim que o jovem monge despertou: com o rosto banhado em lágrimas e uma sensação de infinita tristeza.

Levantou-se, deixou a pousada e caminhou de volta ao templo.

\* \* \*

Em algum lugar da China, havia um homem que se esquecia de tudo.

Preocupada, sua mulher foi consultar Sosei, discípulo de Lao-Tsé:

— Meu marido se esquece de tudo... Até de mim, às vezes.

— Vou curá-lo — disse Sosei. — Faça o seguinte: pela manhã, esconda as roupas de seu marido... Assim, ele terá de procurá-las.

A mulher obedeceu. E então Sosei disse:

— Agora pare de alimentá-lo. Não lhe dê nada para comer, nem beber... Nem pão nem chá.

E, assim, a memória do homem começava a voltar.

Depois, sempre seguindo as instruções de Sosei, a mulher parou de abraçar e beijar o marido que, acostumado às suas carícias, pediu-lhe que voltasse a tratá-lo como antes.

E foi assim que a mulher, orientada por Sosei, conseguiu reeducar o marido que, pouco tempo depois, já se lembrava de tudo o que precisava para viver. Mas chegou um momento em que, justamente por lembrar-se de tudo, tornou-se nervoso e irritadiço. Em certas ocasiões, se queixava:

— Ah, como eu gostaria de voltar ao tempo em que não tinha memória... Só para poder descansar!

\* \* \*

Eis aqui uma história que se passou na antiga China:

Um jovem camponês deixou a família para estudar com professores eruditos, muito famosos e respeitados.

Quando terminou os estudos, voltou ao povoado natal, para ver a família... Seus pais trabalhavam na granja; ocupados com as tarefas, nem notaram a presença do filho. Sua mulher, ocupada em preparar as refeições, tampouco o viu chegar.

Assim, o camponês passou despercebido aos olhos dos familiares. Profundamente triste com isso, resolveu partir e refugiar-se num templo, onde permaneceu por três anos, recebendo ensinamentos de um mestre que o instruía a respeito da autêntica realidade.

Praticava *zazen* dia e noite. E, para evitar o sono, colocava entre os pés uma faca bem afiada.

Mas chegou o momento de partir... Despedindo-se do mestre, do templo e de sua rotina reclusa, o jovem mergulhou na vida turbulenta que o aguardava lá fora.

Como era muito trabalhador, conseguiu ocupar os cargos mais elevados da hierarquia social. Foi, inclusive, nomeado primeiro-conselheiro do governador.

Alguns anos se passaram.

Certo dia, o rapaz, que já era homem, teve vontade de voltar ao povoado onde nascera. E enviou um mensageiro, para que avisasse a família sobre sua chegada.

Todos os habitantes, inclusive seus pais e sua esposa, o receberam com profundo carinho e alegria, como ele jamais havia sonhado. E o trataram com todas as honras, até melhor do que o governador, para quem trabalhava.

\* \* \*

O imperador Taiso, da Dinastia Tao, era um soberano prudente e sábio. Certo dia, um de seus ministros disse:

— Devo avisá-lo, Majestade, que existem pessoas malvadas que o estão caluniando.

O imperador, sem se alterar, respondeu:

— Se consegui provar minhas qualidades como imperador, então não tenho motivos para temer a calúnia dessa gente. Em contrapartida, tenho muito medo de ser elogiado, louvado e adulado por virtudes que não possuo.

\* \* \*

Era uma vez um homem muito pobre, que morava perto de uma densa floresta. O que conseguia, fazendo um ou outro trabalho, mal dava para se sustentar e, assim, ele vivia se queixando de sua triste sorte.

Certa noite, estava começando a jantar, quando alguém bateu à sua porta. Era um monge andarilho, que lhe pediu abrigo por aquela noite.

O homem o acolheu com amabilidade, compartilhou com ele seu humilde jantar e cedeu-lhe sua própria cama, para que dormisse com o maior conforto possível em sua modesta casa.

Na manhã seguinte, antes de partir, o monge disse:

— Você foi muito gentil e hospitaleiro comigo. E, para demonstrar minha gratidão, vou lhe confiar um tesouro... Nessa densa floresta, bem diante de sua casa, vive um animal fabuloso, que se chama Satori. Esse animal vive na copa das árvores; ali come e ali dorme. Aquele que conseguir caçá-lo terá como prêmio o fim de todas as suas preocupações; conseguirá tudo o que deseja e desfrutará em paz o resto de sua vida.

Ao ouvir isso, o homem ficou muito feliz. E, depois que o monge partiu, foi até o povoado mais próximo, comprou um machado, voltou à floresta e começou a cortar todas as árvores que podia.

*Com um pouco de sorte*, pensava ele, *conseguirei surpreendê-lo durante o sono. E, então, antes que o Satori possa reagir, já o terei capturado.*

Mas o animal chamado Satori era muito velho e muito sábio. Além do mais, tinha o dom de ler pensamentos. Por isso, cada vez que o homem chegava perto da árvore onde o Satori se encontrava, este, adivinhando suas intenções, mudava-se para outra árvore.

Assim o tempo ia passando. Sempre que o homem se aproximava de sua árvore, o Satori saltava para outra...

Àquela altura, o homem já havia cortado muitas árvores, que vendia como lenha no povoado. Assim, ia resolvendo seus problemas econômicos. Ganhava o bastante para sobreviver com muito mais conforto e largueza do que antes... Até que chegou o dia em que já nem pensava no Satori. Simplesmente cortava uma árvore, produzia uma boa quantidade de lenha, ia ao povoado e voltava com dinheiro suficiente para viver bem.

Também o Satori já havia deixado de temer aquele homem, já que não percebia nele nenhum pensamento de perigo nem ameaça.

Certa manhã, lá estava o homem, como de costume, cortando uma árvore, quando o Satori caiu bem diante de seus pés... Apenas um momento antes, dormia sossegado, na copa daquela árvore, sem adivinhar no homem sequer uma única intenção que pudesse deixá-lo em alerta.

\* \* \*

Certa vez um homem foi visitar Confúcio e lhe disse:
— Quero ser seu discípulo.
— Por quê? — perguntou Confúcio.
— Porque seu ar nobre e digno, a elegância de seus trajes, a suntuosidade da carruagem que o leva ao palácio do imperador, quando o senhor vai visitá-lo... Tudo isso me deixa muito impressionado.

Chamando um de seus discípulos, Confúcio pediu:
— Traga-me uma carruagem, roupas ricamente bordadas e adornos luxuosos. — E voltando-se para o homem, disse: — Leve tudo com você e siga seu caminho. Não é a mim que você admira e respeita, e sim a estes objetos. Portanto, leve-os!

\* \* \*

Teikyo era funcionário do governo, ministro da agricultura de uma grande província. Certa vez, o Mestre Nyojo dirigiu uma cerimônia fúnebre, por ocasião do aniversário de morte do imperador. No fim da solenidade, Teikyo ofereceu a Nyojo dez mil moedas de prata, em sinal de agradecimento. (Antigamente, na China, a prata era mais preciosa do que o ouro.)

Nyojo, então, disse:

— Eu lhe sou muito grato. Acabo de chegar da montanha, onde terminei meu sermão sobre o *Shobogenzo nehan Myoshin*, o Espírito Maravilhoso, a verdadeira essência do budismo. Quero render meus profundos respeitos ao imperador, hoje e sempre, mas sobretudo hoje, que é aniversário de sua morte. Foi por isso que vim. E quero oferecer, por meio do *Shobogenzo nehan Myoshin*, todo o bem-estar, toda a paz e plenitude à sua alma, que está no outro mundo. Quanto a essas moedas de prata, não posso aceitá-las... Pois trata-se de uma soma muito grande. E, lá na *shanga*, o dinheiro nem nos faz tanta falta. Portanto, aceite meu profundo agradecimento, mas realmente não necessitamos desse tesouro.

Teikyo respondeu:

— Osho, meu querido mestre, faço parte da família imperial e sou respeitado por todos. Tenho uma fortuna imensa e ainda poderia ter mais, se assim o desejasse. Portanto, peço que aceite esse presente que lhe faço, em memória de meu pai, o imperador. Por favor, não se recuse a recebê-lo!

Nyojo então argumentou:

— O senhor, que possui uma inteligência brilhante, certamente saberá me responder uma pergunta... Se o fizer, aceitarei o presente.

— Está bem — Teikyo concordou. — Do que se trata?

— Diga-me: o que compreendeu sobre o sermão que fiz, a respeito do *Shobogenzo nehan Myoshin*? De que modo minhas palavras contribuíram para o seu crescimento?

Erguendo-se, Teikyo afirmou:

— Seu sermão foi maravilhoso! Quero agradecer-lhe, com todo respeito e admiração, as suas sábias palavras.

Mas o Mestre Nyojo replicou:

— Não foi isso que eu disse... Não pedi que me felicitasse pelo sermão. Quero apenas saber se o compreendeu. Meu sermão é um guia, um dedo que aponta para a lua... E o que é a lua? Não me aponte o seu dedo!

Teikyo não conseguiu responder. E então Nyojo continuou:

— A morte do imperador já está consumada. Tudo transcorreu de maneira tranquila e satisfatória. Quanto às moedas de prata, espero seu parecer sobre o sermão, seja ele qual for. — E, assim dizendo, afastou-se rapidamente.

— Embora lamente muito sua decisão de recusar as moedas, sinto-me profundamente feliz pela sorte de conhecer um homem como o senhor. — Assim dizendo, apressou-se a alcançar Nyojo e acompanhou-o por um bom trecho do caminho.

Com respeito à conversa que esses dois homens travaram, Dogen escreveu: "Heijisha, secretário de Nyojo, cujo verdadeiro nome era Ko-Hei, anotou a seguinte frase em seu diário: "Meu Mestre Nyojo é uma pessoa extraordinária. É raro encontrar gente como ele nessa época em que vivemos... Pois quem, senão o mestre, teria sido capaz de recusar tanta riqueza?"

## JAPÃO
MESTRES • RELATOS • CONTOS TRADICIONAIS

Dogen não conseguiu encontrar um verdadeiro mestre no Japão e por isso foi até a China, onde finalmente conheceu o Mestre Nyojo.

Na época de Dogen, a travessia do mar do Japão era uma verdadeira expedição, que durava de um a dois meses, desde Kyushu, no Japão, até Shangai, na China. Hoje, uma noite é suficiente para se chegar de um país ao outro!

Ao desembarcar na China, Dogen visitou vários templos e conheceu muitos mestres. Foi bem recebido, em todos os templos, mas em nenhum lhe foi permitido entrar na sala de meditação. Podia apenas ficar junto à entrada, do lado de fora da porta. Esse tipo de segregação lhe desagradava por demais. Por isso Dogen repetia, incansavelmente, em todos os templos, a mesma pergunta:

— Por que os monges japoneses são tratados de maneira tão diferente dos chineses?

Nenhum mestre respondeu com clareza, ou sinceridade. Ao contrário: todos se esquivaram, de um modo ou de outro. Assim, o monge acabou por se sentir frustrado em seu franco desejo de aprender. Após três anos de busca infrutífera, decidiu retornar ao Japão.

Estava já no porto de Xangai, prestes a tomar a embarcação que o levaria de volta ao seu país, quando deparou com um homem muito idoso.

*Trata-se, com certeza, de um estrangeiro*, o monge concluiu, observando-o com atenção. E começou a conversar com o homem, que lhe disse:

— Até o presente momento, você ainda não conseguiu encontrar um mestre. Então, peço-lhe que faça uma última tentativa... Vá até aquela montanha. Lá você encontrará o verdadeiro mestre pelo qual tanto tem procurado nesses anos.

O monge seguiu o caminho que o ancião lhe indicou e, assim, chegou ao templo de Keitoku, onde o Mestre Nyojo o esperava. Na noite anterior, Nyojo tivera um sonho, no qual recebia a visita de um grande monge, que era a reencarnação do Mestre Tozan. Por isso aguardava sua chegada, cheio de alegria.

O encontro de ambos foi como fogo e chama, como imã e ferro. Desde o primeiro momento em que se olharam, perceberam uma sintonia perfeita, uma unidade incomparável.

O Mestre Dogen chorava de emoção. E, mais tarde, escreveria em seu diário:

A viagem à China me levou à descoberta de um tesouro inestimável: o encontro com Mestre Nyojo; esta foi a maior alegria de minha vida. Nasci como homem, trilhei o Caminho do Buda e, graças ao Ensinamento que me foi transmitido por um verdadeiro mestre, pude compreender a verdadeira palavra do Dharma e receber a Fé real, já depurada de qualquer dogma.

\* \* \*

O imperador enviou ao Mestre Dogen um *kesa* cor de violeta, mas este recusou-se a recebê-lo. Por mais três vezes, o imperador tornou a enviar-lhe o presente. Na última vez, para não humilhar o imperador, Dogen aceitou o *kesa*. E logo compôs o seguinte poema:

> *O vale do templo de Eihei-ji*
> *é muito profundo.*
> *E os méritos de Buda são infinitos.*
> *Se eu usar este kesa violeta,*
> *Os macacos da montanha*
> *vão morrer de rir.*

De fato, Dogen jamais chegou a usar o *kesa*. Colocou-o num pequeno altar e, diariamente, saudava-o com um *sampai*, como demonstração de respeito ao imperador.

\* \* \*

Shiran foi um grande monge Nembutsu. Foi ele quem escreveu o "Tasho". Seu Nembutsu se aproximava muito do zen. E seus discípulos assim recitavam:

— Creio no Buda e no Paraíso da Terra Pura, depois da morte.

Certo dia, um discípulo lhe disse:

— Costumo recitar o Nembutsu diariamente e, no entanto, não sou feliz. Às vezes, não tenho fé e tampouco desejo ir ao Paraíso, pois sinto muito medo de morrer.

Shiran respondeu:

— Comigo acontece exatamente a mesma coisa. Tenho muita vontade de viver. E o fato de recitar o Nembutsu não diminui a intensidade de meus *bonnos*, que são muito fortes. Não podemos abandonar o sofrimento causado pelos *bonnos*. Não temos necessidade de aspirar ao aprazível Paraíso da Terra Pura, já que não podemos fazer com que nossos *bonnos*, nosso apego, desapareçam. Mas quando a morte chegar, quando enfim tivermos de morrer, a relação de interdependência com este mundo se acabará, nossa energia vital chegará ao fim... E, nesse momento, poderemos ir para o outro mundo, para o Paraíso. Buda tem muita compaixão por aqueles que não estão preparados, em espírito, para ir ao Paraíso. Mas se quando estivermos felizes — confiantes em Deus ou em Buda –, nos vier um súbito desejo de morrer para conhecer logo esse belo Paraíso... Será melhor duvidarmos desse estado de espírito livre de *bonnos*, pois isso não é normal.

* * *

Antigamente os monges eram vegetarianos, castos, abstêmios e celibatários.

Hara Tanzan, abade de Eihei-ji, que no passado lecionara na Universidade de Tóquio, onde agora dava conferências sobre budismo, não levava esses *kai* muito a sério.

Certo dia, um homem muito rico convidou-o a comer em sua casa. Convidou também um Mestre de Moral, Honshorishi. Durante a refeição, uma gueixa trouxe saquê para os convidados. O Mestre de Moral recusou a bebida. Mas o Mestre Hara, não. Ao contrário: bebeu e apreciou a qualidade do saquê.

— Está muito saboroso! — exclamou. — E quem não pode beber não é homem!

Honshorishi reagiu, furioso:

— Está pretendendo dizer que não sou um homem?

— De fato, o senhor não é um homem... — disse Hara. — É um Buda.

Todos riram muito dessa resposta, inclusive o próprio Mestre de Moral, totalmente desarmado pela sabedoria de Hara.

* * *

Takuan, um célebre mestre zen, ensinou a Miyamoto Musashi a verdadeira essência do *kendo*.

Certa vez, o Shogun convidou Takuan e um famoso mestre de esgrima para visitá-lo em seu palácio. Lá chegando, encontraram o Shogun. Havia também um tigre, presente do rei da Coreia, numa jaula.

— Os senhores terão de entrar nessa jaula — disse o Shogun.

O mestre de esgrima adiantou-se. Entrando na jaula, armado com seu sabre, aproximou-se do tigre que, amedrontado com sua digna postura, refugiou-se a um canto. Logo em seguida, o mestre saiu da jaula.

Dirigindo-se então a Takuan, o Shogun disse:

— Agora é a sua vez.

Takuan assentiu. Entrou na jaula, aproximou-se do tigre e começou a brincar com ele, a coçar-lhe as orelhas, a acariciá-lo.

\* \* \*

Vou contar a história de Ikyu, um célebre monge do passado.

"I" significa "Um". "Kyu" significa repouso, descanso.

Ikyu era filho do imperador com uma criada. Na tentativa de ocultar o fato, o imperador entregou-o aos cuidados dos monges de um templo, mas todo o mundo sabia que Ikyu era um príncipe. Ainda menino, foi escolhido pelo maior mestre do templo para entregar uma mensagem urgente ao mestre de outro templo. Ikyu saiu correndo e, no meio do caminho, deparou com uma ponte onde havia um aviso: "Proibido atravessar. Ponte em processo de restauração." Ignorando a advertência, Ikyu transpôs a ponte rapidamente. Mas um policial, que o observava, indagou:

— Você não viu o aviso?

— Sim — Ikyu respondeu. — Mas ali está escrito que é proibido *atravessar* a ponte.

— E não foi isso que você fez?

— Não... Na verdade, passei correndo, tomando cuidado para não pisar no meio da ponte, que está bem danificado. Preferi caminhar pela beirada, onde a madeira está mais firme.

Anos mais tarde, Ikyu chegou a ser mestre em Daitoku-ji, o templo mais belo de Kyoto, onde introduziu a cerimônia do chá, da qual é o criador.

Ikyu costumava beber saquê na companhia das gueixas e não cuidava da própria aparência. Seu *kolomo*, totalmente esfarrapado, lembrava o traje de um mendigo. Não se barbeava e, em certas épocas, deixava o bigode crescer até tornar-se muito, muito longo. Quase não tomava banho, cheirava mal e seu *rakusu* estava sempre muito sujo.

Certo dia, um homem rico mandou convidar Ikyu para uma cerimônia em sua casa, em homenagem aos seus antepassados.

Ikyu apresentou-se na imponente residência, vestido como de costume. Os criados, tomando-o por um mendigo, logo o enxotaram. Então Ikyu voltou ao templo e, pela primeira vez em sua vida, calçou um belo par de sapatos, vestiu um belíssimo *kolomo* cor de violeta, um *rakusu* dourado e um hábito branco, de seda.

Trajado dessa maneira, dirigiu-se à casa do homem rico, onde o esperavam. Lá recitou três vezes o *Hannya Shingyô*, alterando o ritmo, pois havia se esquecido de trazer seu livro de *Sutras*. De qualquer maneira, ninguém ia mesmo compreender...

Quando a cerimônia terminou, Ikyu dirigiu-se à sala de refeições, onde os criados serviam fantásticas iguarias. A mesa que Ikyu ocupava estava repleta dos mais saborosos pratos. No Japão, é costume colocar uma mesa diante de cada convidado. Nos banquetes mais refinados, chega-se a colocar três mesas.

Ikyu, porém, não tocou em um prato sequer. Tirando seu *kolomo* e o *rakusu*, dobrou-os, colocou-os diante da mesa e fez *sampai*.

*Talvez ele prefira beber*, pensou seu anfitrião, assim como os outros convidados e até mesmo os próprios serviçais.

Mas Ikyu nada provou... Nem os pratos nem as bebidas.

— Por que não está comendo, mestre? — alguém perguntou.

— Este banquete não foi preparado para mim, e sim para este *kolomo* cor de violeta e este *keza* dourado. Portanto, são eles que devem saboreá-lo.

\* \* \*

No ponto mais alto da ponte de Gojo, em Kyoto, há uma estátua que representa um monge zen ameaçado por uma espada que parece prestes a matá-lo, atravessando-lhe a garganta. O monge, oferecendo o pescoço, diz:

— Venha... Corte!

Esse monge se chamava Daito Kukushi. O imperador Godaigo era seu discípulo. Certa vez, Ashikaga, inimigo do imperador, perguntou a Daito Kukushi:

— Quer ser meu aliado?

— Não — ele respondeu.

— Então, vou cortar sua cabeça — disse Ashikaga.

— Venha... Corte! — disse o monge, oferecendo o pescoço.

Impressionado com essa demonstração de total desapego à vida, o agressor baixou a espada e afastou-se.

A inscrição, sob a estátua, é a seguinte:

"Um monge, títere de madeira, insensível ao silvo frio de uma espada cortando o ar."

\* \* \*

Um pobre homem pediu a Eisai alguns trocados para comer.

Eisai procurou em todo o templo, mas não encontrou sequer uma moeda. Então, pegou a auréola de ouro da estátua de Buda e entregou-a ao homem. Muitos monges ficaram escandalizados com sua conduta.

— Você irá para o inferno, por isso! — disseram.

Mas Eisai respondeu:

— Não me importa.

\* \* \*

A prática do zazen leva ao Caminho. Mas, também, todas as atitudes e circunstâncias de nossa vida se convertem em prática.

A história de Nishari Bokusan ilustra perfeitamente essa premissa: na época da guerra civil japonesa, os partidários do regime feudal — que apoiavam o Shogun — se opunham ao imperador, que tentava iniciar um processo de modernização no país.

Nishari Bokusan era responsável por um templo chamado Sosan-Ji. Depois da derrota do regime do Shogun, Bokusan acolheu no templo um antigo discípulo chamado Muroga. Por ser membro das forças derrotadas, Muroga estava sendo perseguido pelos partidários do imperador. Estes não tardaram a chegar ao templo para exigir que Bokusan entregasse o fugitivo.

— De fato, ele esteve aqui — disse Bokusan. — Mas eu mesmo o aconselhei a ir embora, já que não tinha condições de escondê-lo.

Furiosos, os soldados replicaram:

— Mentira! O templo inteiro está cercado. Portanto, ninguém poderia sair sem ser visto. Agora, deixe-nos entrar para prender Muroga... Ou então cortaremos sua cabeça. Faça sua escolha!

Nishari Bokusan respondeu:

— Se vocês querem minha cabeça, podem tomá-la... Mas, antes de me matar, concedam-me um último favor.

— Qual?

— Aprecio muito o sabor do saquê... E gostaria de deixar a vida com o ventre cheio dessa boa bebida. — Sem esperar pela resposta, Bokusan serviu-se de uma dose de saquê, sorvendo-a lentamente, com os olhos semicerrados, saboreando com prazer cada gole.

Os soldados, ao vê-lo assim, tranquilo, com o rosto iluminado de prazer, entreolharam-se, consternados... E partiram, em silêncio. Mas foi somente ao terminar de beber que Bokusan se deu conta disso.

Esse fato singular correu o mundo...

Muita gente perguntou a Bokusan o que ele havia sentido naquele momento de impasse. Mas Bokusan nunca respondeu. Somente no fim da vida evocou o episódio, do seguinte modo:

— Quando deparei com aqueles indivíduos, entendi que não podia dar-lhes o que queriam. Recusando-me a discutir ou lutar com eles, mantive-me à margem, consegui evitar o confronto. Recusava, assim, o mundo deles, onde não havia lugar para mim. E, quando abri os olhos, os soldados tinham desaparecido.

\* \* \*

Na cidade de Nara, no Japão, há um grande templo chamado Todai-ji. Nesse templo, há uma grande estátua de Buda. Conta a tradição que o imperador pediu ao Mestre Genjo que levantasse fundos para erguer aquela estátua. Então Genjo percorreu as pontes de Tóquio, onde viviam muitos mendigos.

— Por favor! — pediu, fazendo *sampai* diante deles.
— Uma esmola, por favor!

Imensamente surpresos, os mendigos se sentiram orgulhosos, importantes. E todos atenderam o pedido, contribuindo com o que podiam.

Todos os dias, Genjo repetia o mesmo trajeto, pedindo dinheiro e fazendo *sampai* diante dos mendigos. Alguns mais, outros menos... Mas todos, sem exceção, lhe davam dinheiro. Genjo falava, então, sobre a importância da estátua e seu significado para o futuro. Dizia-lhes também que, participando e colaborando daquela maneira, eles, os mendigos, seriam grandes e célebres personagens da história do país e do mundo. A estátua representaria um imenso Buda, sentado numa flor de lótus. A soma doada pelos mendigos atingiu um valor muito alto. Genjo havia conseguido, enfim, que se tornassem partícipes, colaboradores efetivos daquela grande obra.

A estátua de Buda era, agora, o principal assunto de suas conversas. E uma significativa mudança ocorreu: antes, os mendigos pediam esmolas entre queixas e súplicas. Agora, mendigavam revestidos de uma grande dignidade. Tinham se transformado em sábios, capazes de sentir e falar com profundidade. Doavam metade do dinheiro que recebiam, esmolando, para a construção da estátua do Buda. E assim continuaram, até a conclusão daquela magnífica obra.

* * *

Certa vez, o imperador disse a Kyoyu:
— Você é um grande homem. Portanto, vou torná-lo herdeiro do meu império... E suponho que você aceitará essa honra.

Em vez de alegrar-se, Kyoyu ficou terrivelmente aborrecido:
— Suas palavras sujaram meus ouvidos! — protestou. E saiu correndo em direção ao rio mais próximo, onde lavou cuidadosamente as orelhas.

Naquele momento um lavrador, que era seu amigo, aproximou-se pela estrada, conduzindo uma vaca.
— O que está fazendo, Kyoyu?
— Ah, nem me pergunte! — Kyoyu respondeu, exasperado. — Hoje não é o meu dia de sorte!
— Mas o que aconteceu?
— Imagine você que o imperador queria que me tornar seu herdeiro... Queria me deixar, de herança, todo esse império! Meus ouvidos ficaram tão sujos com essa proposta absurda que vim correndo lavá-los neste rio.
— Puxa! — o lavrador exclamou. — E eu que vinha trazer minha vaquinha para matar a sede... E agora a água está tão suja!

* * *

Chikaku, antes de tornar-se mestre zen, foi um importante funcionário do imperador. Era célebre por sua honestidade e inteligência. Certa vez, quando era governador de uma província, pegou todo o dinheiro destinado aos oficiais e repartiu entre os necessitados. Um de seus subordinados, aliás, um oficial, foi ao palácio do imperador para informá-lo desse fato. A resposta foi imediata: o caso foi levado a júri e Chikaku recebeu a pena máxima: morte por degolação. Não obstante, o imperador disse aos algozes:

— Esse governador sempre gozou de uma fama excelente. Se agiu assim, deve ter sido por um bom motivo. Então, quero deixar aqui uma ordem: no momento da execução, mantenham-se atentos à atitude desse homem. Se ele se mostrar muito assustado, ou aflito, degolem-no sem hesitar. Mas se não virem, nele, nenhum sinal de medo ou embaraço, tragam-no à minha presença imediatamente.

Chikaku foi conduzido ao patíbulo. Em vez de lamentar-se, ou de mostrar seu desespero, parecia muito tranquilo, quase feliz com sua sorte. Antes de oferecer a cabeça ao carrasco, disse:

— Ofereço minha vida pela salvação de todos os seres viventes!

No mesmo instante, suspenderam a execução. Em seguida, levaram Chikaku até o imperador, que perguntou-lhe sobre o motivo de sua conduta.

— É que eu não queria mais governar — Chikaku respondeu. — Então, decidi romper com este *karma* e oferecer minha vida a todos os seres sensíveis, para unir-me a eles estreitamente. Assim, talvez eu tivesse, no futuro, a chance de chegar a ser monge e praticar o

*Caminho* do Buda com todo meu ser, sem obstáculos de nenhuma espécie.

Ao ouvir isso, o imperador, impressionado e comovido com a forte convicção de Chikaku, permitiu-lhe abandonar suas funções oficiais para tornar-se monge.

O nome monástico de Chikaku foi Enju, que significa "Vida Longa". Esse nome contemplava, também, o fato dele ter sido salvo, por um triz, do patíbulo.

\* \* \*

Certa vez, o imperador convidou Shinran, juntamente com outros monges célebres da época, para um banquete em seu palácio.

Mesas foram postas com ricas iguarias, frutas exóticas, frutos do mar... E muito mais.

Os monges tiraram o *kesa* para ficar mais à vontade, sobretudo na hora de saborear os peixes. Shinran, porém, conservou o seu. E então lhe perguntaram:

— Por que não tira o *kesa*, como nós?

— Não posso me separar do meu *kesa* — Shinran respondeu. — Para mim, este *kesa* é a verdade, o cosmo, o mundo de *Ku*, sem forma e sem aparência. Todas as coisas são idênticas. O peixe e a verdura são a mesma coisa, em essência. Acredito que, se conservar o meu *kesa*, de algum modo acabarei ajudando o peixe, enquanto dele me alimento.

\* \* \*

Certo dia, um monge foi visitar Sen Rykiu, o célebre mestre criador da cerimônia do chá. Depois de inclinar-se diante dele, disse:

— Gostaria de aprender todas as regras necessárias à cerimônia do chá. O senhor poderia me ensinar?

— Prepare um delicioso chá, procedendo da seguinte maneira... Para aquecer a água, use carvão em brasa. Arranje as flores, tal como ficam nos campos: no verão, evoque a frescura; no inverno, evoque o calor. Adiante-se ao tempo, em cada uma dessas etapas. E dedique, aos seus convidados, o máximo de atenção.

O monge, um tanto decepcionado, exclamou:

— Mas disso eu já sabia!

— Se você é mesmo capaz de realizar uma cerimônia de chá, sem infringir nenhuma das regras que acabo de mencionar, então me tornarei seu discípulo — respondeu Sen Rykiu.

\* \* \*

O Mestre Hanawa Ko Kiichi ficou cego aos cinco anos de idade. Depois de estudar medicina, acupuntura e técnicas de massagem, sem muito sucesso, resolveu estudar literatura, apesar da cegueira.

Tinha grandes habilidades intelectuais, inclusive uma memória prodigiosa, certamente como uma espécie de compensação por sua deficiência. Contam que lhe bastava ler uma obra, ainda que muito extensa, por uma única vez, para tornar-se capaz de declamá-la de cor e com total fidelidade.

Hanawa Ko Kiichi se especializou em textos literários chineses. Aos vinte e seis anos, já era dono de uma erudição superior à de seus próprios mestres.

Foi com essa idade que se instalou em Tóquio, no santuário de Tenmangu. Ali, fez a promessa de ler o *Hannya Shingyô* todos os dias. Sua intenção era recitá-lo pelo menos dez mil vezes. Quando começou, sua mulher acompanhava a declamação. E, a cada dez vezes, colocava uma bolinha dentro de uma caixa. Assim, podia controlar o número de declamações já feitas.

Todas as noites, antes de se recolher para dormir, Hanawa Ko Kiichi contava as bolinhas da caixa. Às vezes conseguia cem, até duzentas declamações por dia.

Hanawa conservou essa atividade até o dia de sua morte, ocorrida quarenta e três anos mais tarde. E não deixou, sequer por um dia, de cumprir sua promessa.

\* \* \*

O Mestre Ryokan vivia numa pequena ermida, na montanha. Certa noite, um ladrão apareceu por lá. Entrou na ermida e olhou ao redor, atentamente, mas não encontrou nada para roubar.

Ryokan, ao que parecia, dormia profundamente, envolto numa velha manta que o ladrão, para não sair de mãos vazias, resolveu levar. Tomou-a com todo cuidado e fugiu rapidamente.

Então Ryokan, que não estava tão adormecido quanto o ladrão imaginava, levantou-se. E, tremendo de frio, compôs o seguinte *haicai*:

> *Cá, na janela,*
> *deixada pelo ladrão,*
> *ficou a lua.*

\* \* \*

Numa noite de lua cheia, o Mestre Ryokan estava praticando *zazen*, em meio a uma plantação de batatas. Ao vê-lo, o proprietário tomou-o por um ladrão que, todas as noites, roubava-lhe uma boa quantidade de batatas. Até o momento, ainda não tinha conseguido agarrá-lo. Mas, agora, ali estava sua chance...

Armando-se de um porrete, correu em direção ao mestre e começou a golpeá-lo, enquanto gritava:

— Ladrão! Enfim consegui pegá-lo!

Entretanto, o Mestre Ryokan permanecia imóvel, imperturbável, contemplando a lua, em silêncio.

Um vizinho que passava por ali, e que conhecia o Mestre Ryokan, correu a acudi-lo. E quando por fim conseguiu deter o furioso proprietário do campo, disse:

— Mas o que está fazendo? Você enlouqueceu? Este homem que você está surrando não é um ladrão, e sim o Mestre Ryokan, a quem conheço muito bem!

Surpreso, e depois envergonhado, o proprietário largou o porrete. Voltando-se para o mestre, perguntou:

— Por que o senhor não me disse antes?

Como resposta, o mestre compôs o seguinte poema:

*Os que agridem*
*e os que são agredidos*
*são como uma só gota de orvalho,*
*ou como um relâmpago.*
Assim devem ser considerados.

\* \* \*

Certa vez, um cego passava por uma ponte sobre um rio de águas correntes, no fundo de um vale. A ponte não era muito sólida. Mas, apoiando-se num bastão, o cego conseguia avançar, lentamente. Mas no meio da ponte havia um buraco. E o bastão do cego, penetrando-o profundamente como um sexo, nele desapareceu.

— Ai, meu Deus! — exclamou o cego. — Algum demônio está me pregando uma peça de muito mau gosto!

Apavorado, o cego perdeu o controle: jogou-se ao chão, bateu a cabeça várias vezes contra o piso de tábuas da ponte. Depois levantou-se, mas caiu de novo e assim permaneceu por algum tempo. Quando por fim seu medo arrefeceu, o cego pensou que talvez estivesse enganado, que talvez não houvesse demônio algum por ali. Tateando as tábuas, começou a procurar o bastão... E acabou encontrando o buraco.

— Ah, então foi assim que perdi meu bastão! — exclamou, aliviado. Pegando seu leque, tentou encaixá-lo fechado dentro do buraco. Demorou um pouco, mas conseguiu. Depois, girou-o por alguns instantes e soltou-o. O leque caiu, produzindo um "ploft!" ao bater na água, lá embaixo. — Meu bastão caiu aqui! — gritou, exultante. — Foi a água que o levou, e não o diabo, como eu pensava!

E, muito feliz da vida, terminou de atravessar a ponte, sem bastão, sem medo, sem dúvidas.

\* \* \*

Gengis Khan atacou o Japão com uma grande frota de navios, durante a época do grande Mestre Dogen. O país inteiro ficou transtornado. Tokimune, o primeiro-ministro, resolveu consultar um monge zen, de Kamakura:

— O que vamos fazer? — perguntou Tokimune, angustiado.

O monge, que era chinês e seguia a linha *rinzai*, respondeu:

— Maku mozo! (Não criar ilusões, não confundir o espírito, não pensar.)

Tokimune compreendeu. Não era necessário pensar e sim concentrar-se na defesa do país. Era preciso agir, mobilizando todas as forças militares japonesas, especialmente os soldados concentrados no litoral do mar da Coreia.

Os japoneses dispunham apenas de uma pequena frota, enquanto Gengis Khan tinha dois mil barcos, que se aproximavam de Kyushu rapidamente, além de um exército de cerca de cem mil homens.

Kyushu inteira foi tomada pela ansiedade e pelo terror.

A ilha de Iki tinha sido invadida. E toda a população fora brutalmente exterminada, inclusive mulheres e crianças.

*Kitos* eram celebrados em todos os templos japoneses, com intenso fervor, de manhã até a noite.

Foi então que desabou uma terrível tempestade. Era setembro, época de violentos tufões, que sobrevinham regularmente a cada duzentos dias, a partir do primeiro dia de janeiro.

Quando os homens de Gengis Khan se preparavam para desembarcar, gigantescas ondas se ergueram no mar, bem perto da costa. Trombas-d'água destruíam tudo o que encontravam pela frente. E, assim, a frota do invasor foi totalmente aniquilada.

Depois de atear fogo aos seus pequenos barcos de pesca, os japoneses os guiaram contra a frota inimiga que, alinhada no sentido do vento, incendiou-se por completo. No dia seguinte, já nada restava das embarcações invasoras.

— Milagre! — diziam as pessoas, em toda parte. — Milagre!

Mas não foi um milagre. Era época de grandes tufões, de chuvas fortes, tempestades, trombas-d'água e outros desastres naturais. E Tokimune era um grande estrategista.

Como dizia aquele monge zen de Kamakura...
*Maku mozo:* "Não é necessário criar ilusões."

\* \* \*

Certo dia, chegou um visitante a um templo de província. O monge que cuidava do templo era uma pessoa simples, nada intelectual.
— O que é o Buda? — perguntou o visitante.
O monge voltou-se em direção ao altar, onde havia duas estátuas de Buda. Uma representava-o sentado; outra, em pé.
— Está sentado, está em pé — disse o monge.
O visitante ficou muito impressionado com essa resposta simples e profunda.

\* \* \*

Era uma vez um velho monge que desejava conhecer o paraíso, pois o mundo não o satisfazia.
— Todos os meus *bonnos* devem desaparecer, pois preciso chegar à Terra Pura.
Acompanhado por um numeroso grupo de discípulos, decidiu abandonar esse mundo degenerado e ir para o Paraíso do Buda Amida, a Terra do Pleno Bem-Estar. Para conseguir seu objetivo, resolveu se atirar nas águas do lago.
Depois de desejar-lhe uma morte feliz, os discípulos prometeram:

— Vamos preparar uma bela cerimônia, na qual rezaremos por seu espírito, pois o senhor é um grande e respeitável sábio.

O velho monge estava feliz. Mas sabia que o último momento, aquele que precede a morte, é muito importante. Por isso, disse aos discípulos:

— Se ainda me restar algum *bonno*, algum temor, na hora de morrer, acabarei indo para o inferno. Assim, como medida de prevenção, atarei uma corda em torno da cintura... E deixarei a outra ponta com vocês. Se eu sentir, na hora de morrer, que meu espírito ainda está apegado a este mundo, puxarei a corda... Será este o sinal para que vocês me tirem da água.

E assim foi. O monge submergiu, recitando o *Namu Amida Butsu*. Logo em seguida, borbulhas assomaram à superfície. Ao fim de um minuto, os discípulos sentiram o puxão na corda e, imediatamente, retiraram o monge da água.

— Nossa! Bebi tanta água! Restam-me muitos *bonnos*, tanto é que sofri demais! — o monge exclamava, com a voz entrecortada, entre soluços e espasmos, ainda tentando recitar o *Namu Amida Butsu*. — Ao mergulhar, tomei consciência de todos os meus *bonnos*... E mais: percebi que ainda não atingi o *satori*.

Os discípulos o observavam, atentamente. Já não o respeitavam como antes. Uma semana mais tarde, o monge tornou a reuni-los para anunciar sua nova tentativa de partir para a Terra Pura. Mas, também dessa vez, a coisa não funcionou...

O monge, que pouco antes havia bebido saquê, como último desejo antes de morrer, tornou a submergir com a corda atada à cintura. Ao sentir que a morte se aproximava, pensou: *Prefiro o saquê à água... Quero tomar essa bebida maravilhosa, uma vez mais, antes de morrer*. E puxou a corda, com toda força.

Na semana seguinte, fez outra tentativa. Os discípulos prepararam uma cerimônia de despedida, regada a muito saquê. Depois se dirigiram, em procissão, até o lago, para acompanhar o velho monge... Que, uma vez mais, no último momento puxou a corda.

Os discípulos o resgataram das águas... Mas já não confiavam nele.

Na quarta tentativa, após outra cerimônia de despedida, na qual seus amigos e discípulos colaboraram com muito, mas muito, saquê, o velho monge bebeu mais do que nunca. E, uma vez mais, tudo transcorreu quase do mesmo jeito... Mas o desfecho foi bem diferente.

Ao submergir no lago, o monge estava tão embriagado que se esqueceu de puxar a corda. Alguns minutos se passaram. E então uma nuvem lilás pairou sobre as águas calmas, ao som de uma bela música, que parecia vir de outras esferas, talvez de um mundo celestial. Diante desse fenômeno, todos disseram:

— Este é um dia feliz. Ele deve estar a caminho do Paraíso...

E choraram de alegria. E rezaram para que o velho monge fizesse uma boa viagem.

\* \* \*

Sotoba é célebre por seu poema "A voz do vale":

*A cor da montanha,*
*A voz do vale,*
*Tudo é Buda.*

Sotoba admirava o pintor Yoka, famoso principalmente pelos quadros nos quais retratava bambus. Sempre que podia, Sotoba gostava de contemplá-los. Nessas ocasiões, dizia:

— Quando Yoka pinta os bambus, tudo o que ele vê são bambus. Não presta atenção alguma às pessoas que o observam, enquanto pinta. Esquece até de si mesmo. Seu corpo se torna bambu e, nesse momento, realiza-se um frescor infinito: pintura fresca, tinta fresca, bambus frescos.

\* \* \*

Meu Mestre Kodo Sawaki presenteou-me com uma página que contém o seguinte poema:

*Talvez existam montanhas*
*naquela direção,*
*lá de onde vem o canto do cuco.*
*Então, barqueiro,*
*gire esse timão*

*e mude o curso
da embarcação!*

Quando ganhei esse poema de Kodo Sawaki, não pude compreender seu profundo significado. Mas o poema fala da orientação, na busca do *Caminho*.

Um monge viajava de barco, seguindo o curso de um rio. A noite estava escura e o barco deslizava, levado pela corrente. O barqueiro dormia. De repente, ouviu-se o canto do cuco:

— Cu-co! Cu-co...!

*Esse pássaro deve estar por perto*, pensou o monge. *Provavelmente estamos atravessando um vale, entre as montanhas*. Em seguida, correu a acordar o barqueiro:

— Volte ao seu posto, pegue o timão e fique atento ao curso.

\* \* \*

Eis aqui uma história que ilustra muito bem os mal-entendidos que as palavras podem provocar:

Um monge foi à casa de uma família para oficiar uma cerimônia de aniversário da morte de um ente querido. Lá chegando, perguntou:

— A quem vamos reverenciar nessa cerimônia?

Um homem adiantou-se para responder:

— Hoje é o aniversário da morte do bom pai do marido da mulher de meu irmão mais velho.

Atônito, o monge disse:

— Desculpe, mas não entendi.
— Sim! — exclamou o homem. — Hoje é o aniversário da morte do bom pai do marido de minha irmã caçula.
— Ah! — assentiu o monge, ainda mais confuso.
— Pois, como o senhor vê, não é o aniversário da morte de qualquer um... Mas do meu pai! Bom homem, aquele!

\* \* \*

Havia um homem que desejava muito enriquecer. Com esse objetivo em mente, ia todos os dias ao templo para pedir a Deus que atendesse seus anseios.

Num dia de inverno, quando voltava para casa, depois de suas orações cotidianas, encontrou uma bolsa cheia de ouro, jogada à margem do caminho, praticamente incrustada no gelo.

O homem, louco de alegria, certo de que Deus enfim tinha ouvido suas preces, atirou-se sobre a bolsa, tentando retirá-la dali... Em vão! A bolsa estava fortemente presa ao gelo.

Foi então que ele teve uma ideia brilhante: urinou sobre o gelo, bem no ponto onde se encontrava a bolsa. Então começou a puxá-la, com toda força, na desesperada tentativa de arrancá-la do gelo... Até que acordou, em sua cama, completamente molhado e com uma dor aguda nos testículos que ele tanto apertava, a ponto de quase arrancá-los.

\* \* \*

Numa longínqua montanha vivia um velho ermitão chamado Ikaku Sennin, dotado de grandes poderes mágicos.

Caminhando por uma trilha, num dia chuvoso, tropeçou e caiu, sujando-se de lama dos pés à cabeça. Ficou tão furioso que resolveu acabar com a chuva. E foi o que fez.

A chuva, de fato, parou... E nunca mais caiu sequer uma gota de água naquela região.

O tempo passava e, em todas as províncias próximas, nada de chuva...

Desesperados, os camponeses perguntavam-se qual seria a causa daquela estranha seca. E começaram a suspeitar do velho da montanha. Solicitaram uma reunião com as autoridades para tentar encontrar uma solução para aquele terrível problema.

— Até mesmo um ermitão com poderes mágicos deve ter seu ponto fraco — disseram. — Procuremos uma bela jovem, de caráter forte, que concorde em subir a montanha para adular o velho...

Procuraram muito, até encontrar uma jovem gueixa, que depois de informar-se sobre o ermitão, decidiu arriscar a sorte, encarregando-se desse trabalho. O primeiro passo foi reunir uma verdadeira escolta de belas jovens. Depois, providenciou trajes suntuosos e uma boa provisão de iguarias.

Assim, a gueixa e suas lindas companheiras foram viver na montanha, numa casinha próxima à ermida de Ikaku. Todas, sem exceção, eram belíssimas. Usavam perfumes afrodisíacos e, como passavam muitas vezes diante da ermida, o cheiro inebriante chegava até o ermitão, que estava começando a perder o controle.

Havia momentos em que se sentia fora de si. Já não conseguia sentar-se para meditar. Passava a maior parte do dia escondido atrás de uma janela, observando as jovens.

— Quem serão esses anjos? Será que vieram me visitar...?

O fato era que o velho ermitão ardia de desejo por aquelas jovens, lindas mulheres.

Elas, por sua vez, quando o sentiram totalmente à mercê de seus encantos, resolveram abordá-lo:

— Olá! Viemos convidá-lo para nos fazer uma visita... Venha brincar conosco!

Incrédulo, o velho ermitão perguntou:

— Posso ir, mesmo?

— Claro! Nós o receberemos com muitas honras e alegria!

Naquela mesma tarde, o ermitão dirigiu-se ao harém de seus sonhos... As belas jovens, entre mimos e carícias, ofereceram-lhe as mais ricas iguarias, as mais exóticas bebidas, os mais inebriantes perfumes...

— Tome... prove este licor — disse-lhe a gueixa, a certa altura. Com um sorriso que era pura sedução, ofereceu-lhe um cálice contendo uma bebida perfumada, de uma densidade singular.

— O que é isso? — perguntou o ermitão.

— É um licor de prodigiosas propriedades. Prove... Prove e chegará ao êxtase!

O velho ermitão tomou um gole... E outro... E bebeu muito, até cair, embriagado e já inconsciente, sobre a cama.

Quando acordou, rodeado de belas jovens, totalmente nuas, levou alguns instantes para perceber que também ele estava nu. Seu sexo, em cuja ponta reluzia uma espécie de gelatina viscosa, ainda funcionava bem, apesar de sua idade... E foi assim que o velho ermitão perdeu os poderes mágicos. E foi assim também que a chuva, após tanto tempo ausente daquela região, voltou a cair. Mas o velho ermitão nem se importou com isso, já que se sentia em pleno paraíso, divertindo-se como nunca na companhia daquelas jovens beldades.

Mas chegou um momento em que as provisões acabaram, e então a gueixa disse a Ikaku:

— Não nos resta mais nada para comer nem beber. Teremos de ir à cidade para comprar provisões.

— Pois vamos! — disse o velho ermitão, a quem nada mais poderia aborrecer nesse mundo.

— Mas a chuva continua — disse a gueixa. — A trilha está coberta de lama. E eu detestaria sujar os pés...

— É mesmo? Pois, então, posso levá-la nas costas — Ikaku ofereceu.

A gueixa aceitou a proposta, imediatamente: montou nas costas do velho ermitão, acomodando-se do melhor modo possível. As outras jovens formaram uma fila e, assim, lá se foi aquele estranho cortejo, montanha abaixo, em direção à cidade.

A chegada de Ikaku, carregando a gueixa, seguido pela procissão de beldades, causou uma verdadeira sensação.

— Vitória! — gritou a gueixa, assim que entraram na cidade, dando seguidos tapas na cabeça de Ikaku, como se ele de fato fosse um cavalo. — Conseguimos, cavalinho, conseguimos!

Todos os habitantes saíram à rua para comemorar a volta da chuva, que caía generosamente... E também para se divertir, diante daquela cena inusitada.

Ikaku era o único, entre todos, que não compreendia nada.

\* \* \*

Um monge andarilho chegou, ao anoitecer, à casa de um camponês, onde pediu pouso e comida. O camponês aceitou recebê-lo e oferecer-lhe um jantar, com uma condição: a de que sua hospitalidade fosse paga com um *kito*, pelo bem-estar de sua família. Um *kito* é uma cerimônia religiosa, geralmente realizada com a intenção de pedir alguma graça, reverenciar os mortos etc.

O monge concordou com a proposta.

Assim, depois do jantar, a mulher do camponês limpou cuidadosamente a sala principal da casa e enfeitou o altar, que ocupava um lugar de destaque no cômodo. Todos os membros da família ali se reuniram. E o monge deu início à cerimônia:

— *Maka Hannya Haramita Shingyô*... — ele começou a declamar, seguido por toda a família. Aproximando-se do altar, fez *sampai* e formulou o primeiro pedido: — Que morra o avô!

A família sobressaltou-se, mas procurou se acalmar, julgando ter ouvido mal.

Aproximando-se do altar, o monge ofereceu incenso, tornou a fazer *sampai* e disse:

— Que morra o pai!

Diante dessas palavras, a mulher do camponês voltou-se para ele, horrorizada. O monge continuava:

— Que morra o filho!

Em seguida, depois de prostrar-se três vezes mais, concluiu:

— Que morra o neto!

Foi então que o camponês, tentando a duras penas controlar a indignação, voltou-se para o monge com os olhos cheios de lágrimas:

— O que está fazendo, homem mau? É assim que paga minha hospitalidade... Desejando-me toda sorte de desgraças? Não consigo compreender!

O monge, imperturbável, respondeu:

— Eu apenas pedi, para sua família, toda a paz e felicidade possível. Ou seja: que a morte aconteça de acordo com a ordem natural das coisas. Ou será que você prefere que morra primeiro o neto e, depois, o avô? Não seria melhor que sua família se extinguisse tal como acabo de pedir...? Seguindo a ordem da

Natureza, a ordem cósmica: primeiro o avô, depois o pai, depois o filho e, finalmente, o neto... Você acha que essa sequência, tão em harmonia com a vida, seria mesmo uma desgraça?

Silêncio. Compreensão. E o camponês deu, ao monge, a melhor cama que havia na casa.

\* \* \*

Uma mulher muito devota fez uma estátua de Buda e depois cobriu-a de ouro. Levou-a ao templo do povoado e ali deixou-a, entre outras estátuas. Mas aquela se destacava por seu brilho e sua riqueza.

Diariamente, a mulher oferecia incenso e velas à sua estátua. Certo dia, notou, aborrecida, que a fumaça do incenso e das velas não subia apenas em direção ao rosto do *seu* Buda, mas também ao dos outros que, estando próximos, desfrutavam sua oferenda... E isso lhe pareceu intolerável.

Para evitar que tal fato continuasse acontecendo, a mulher construiu um funil que levava a fumaça das velas e do incenso diretamente ao nariz de seu inestimável Buda. Após algum tempo constatou, com tristeza, que o nariz de seu amado Buda estava totalmente enegrecido pela fumaça e que seu brilho havia se apagado.

\* \* \*

Dois monges que viajavam de um templo a outro, por uma trilha barrenta, devido à forte chuva que caía, chegaram a um ponto que parecia intransponível. Uma forte enxurrada cobria a trilha por completo, dificultando a passagem naquele trecho. Só havia um jeito de continuar a viagem: meter-se na lama até a cintura, com o risco de atolar ou ser arrastado pela corrente, que era muito forte.

Mas os dois monges não eram os únicos naquela difícil situação. Uma bela jovem, usando um vestido novo, imóvel diante da enxurrada, contemplava aquele quadro com uma expressão de total desalento.

Ao vê-la, um dos monges não pensou duas vezes: num impulso, tomou a jovem nos braços. Erguendo-a acima dos ombros, conduziu-a, em segurança, até o outro lado. Enquanto isso, o outro monge o seguia de perto, fazendo gestos de reprovação.

Mais tarde, horas depois de terem deixado a enxurrada e a bela moça para trás, ambos seguiam viagem. Mas o segundo monge continuava carrancudo, com o cenho franzido, numa exagerada demonstração de seu aborrecimento. Caminhava um pouco à frente do outro, ignorando-o ostensivamente, sem dirigir-lhe a palavra.

A certa altura, o outro perguntou:

— Posso saber o que está acontecendo? O que há com você?

— O que há comigo? O que há é que você transgrediu um grave preceito, ao tomar nos braços aquela jovem e bela mulher! E seu corpo esteve estreitamente unido ao dela, durante a travessia...

— Ora, veja só — disse o outro monge, com toda tranquilidade. — Você continua estreitamente ligado, em pensamento, àquela mulher. Ainda a está levando com você... Quanto a mim, já faz tempo que a deixei, depois de ajudá-la a atravessar aquele trecho alagado.

\* \* \*

Há muito tempo, vivia no Japão um ladrão famoso por sua audácia. Assaltava, com certa frequência, o Palácio do Imperador... Mas a guarda real não conseguia capturá-lo.

Assim, sua cabeça foi posta a prêmio. Nem por isso ele deixou de roubar.

Certa noite, entrou em uma imponente mansão, decidido a cometer mais um de seus célebres delitos. No entanto, o filho do proprietário, um garoto muito pequeno, acordou. Levantou-se e abordou o ladrão, sem nenhum temor. Mais que isso: convidou-o para brincar.

Impressionado, o ladrão brincou com o garotinho até o amanhecer. Depois, entregou-se às autoridades e pediu perdão por seus crimes. A inocência daquela criança o havia transformado.

\* \* \*

Uma anciã foi visitar um mestre zen, para pedir-lhe um amuleto que a protegesse dos demônios. O mestre, então, deu-lhe uma pequenina bolsa, em cujo interior havia uma página escrita.

Depois de muitos anos, curiosa por saber o conteúdo da página, a mulher retirou-a da bolsa e leu:
*Quando temos ilusões, os três mundos se convertem num campo de batalha, numa luta.*

\* \* \*

Um discípulo pergunta ao mestre:
— Em que consiste a fé?
O mestre responde:
— A fé pode ser comparada ao ladrão que entra numa casa para roubar... E a encontra vazia: não há nada para roubar. Nada!

\* \* \*

Um coelho, um cavalo e um elefante resolveram fazer uma aposta para saber quem conseguiria atravessar um rio, mais depressa.
O coelho chapinhou na água.
O cavalo nadou.
O elefante caminhou pelo fundo do rio. E foi o primeiro a chegar à outra margem. Logo depois, chegou o cavalo. E, por último, o coelho.
No *Shodoka*, podemos ler:
*O elefante
não costuma brincar
na trilha dos coelhinhos.*

\* \* \*

    Um samurai pescava, sentado na margem de um rio. Já fazia algum tempo que estava ali, sem conseguir nada. De repente, um grande peixe mordeu o anzol. Muito satisfeito, o pescador retirou-o da água. Já ia guardá-lo num cesto, quando um gato, que estava escondido entre os juncos da margem, deu um salto certeiro e arrebatou-lhe o peixe das mãos. Em seguida correu a esconder-se entre as ervas daninhas, para devorar sua presa.
    O samurai, tomado pela ira, desembainhou seu sabre e, de um só golpe, decepou a cabeça do animal. Mas logo depois, quando sua fúria arrefeceu, o pescador tomou consciência da crueldade de sua ação. Sentiu-se profundamente envergonhado. E o remorso o dominou.
    Esse samurai era budista. A morte do gato indefeso, provocada por sua atitude intempestiva, movida pela cólera, causava-lhe profunda angústia.
    Enquanto voltava para casa, caminhando ao longo do rio, as águas pareciam dizer: "Miau!" O vento entre as árvores parecia cantar: "Miau, miau..." As pessoas que passavam por ele pareciam cumprimentá-lo assim: "Miau, miau, como vai?"
    Ao chegar à casa onde morava, o samurai foi recebido por sua mulher e seus filhos, que o saudavam com um "Miau"!
    Perturbado, ele retirou-se para o quarto e logo se deitou. Mas, ao fechar os olhos, ouviu claramente um

"Miau"! E os pássaros que viu lá fora, através da janela, ao amanhecer, cantavam: "Miau"!

Desesperado, o samurai não conseguia livrar-se da obsessiva lembrança daquele gato. Então, lembrou-se de um velho mestre zen, que morava perto de sua casa. Decidiu procurá-lo, para contar sobre o lamentável incidente e suas penosas consequências.

O mestre ouviu tudo em silêncio. Por fim, olhou-o de alto a baixo e disse:

— Você é desprezível. É absurdo que um guerreiro de sua categoria não consiga livrar-se de uma obsessão. Você nem parece um samurai. Você merece a morte. Terá de fazer o *harakiri*... Mas, como sou uma pessoa compassiva, vou ajudá-lo a morrer. No momento em que você afundar a espada no ventre, cortarei sua cabeça e, assim, seu sofrimento será menor.

O samurai concordou. E, depois de agradecer ao mestre a sua compaixão, deu início à cerimônia.

Tal como havia prometido, o mestre posicionou-se em pé, atrás do samurai, empunhando a espada, pronto para cortar-lhe a cabeça no momento exato.

— Está preparado?
— Sim, mestre.
— Então, comece.

O samurai apoiou a lâmina de sua espada sob o umbigo e, tomando fôlego, começou a empurrá-la...

— Um momento! — disse o mestre.
— Sim?
— Você está ouvindo o miado do gato, agora?
— Não.
— Pois se você já não o ouve, não é preciso morrer.

\* \* \*

Durante a Era Tokigawa, os criminosos eram sumariamente condenados à degolação, sem demora, sem distinção de classe social, até mesmo sem distinção de casos. Tanto fazia o tipo de crime... Se era crime, já merecia a condenação. Assim se pensava, na época.

Entre as execuções famosas daquele tempo, conta-se a de uma célebre prostituta, muito bela e corajosa. Seu nome era Oden Takahashi.

O carrasco, um homem chamado Asaemon, tinha o costume de declamar um poema de Kobo Daishi, enquanto executava o réu:

*As flores têm perfume,*
*mas acabam murchando.*

Depois erguia o sabre e, com um golpe certeiro, degolava o condenado, enquanto concluía o poema:

*Não cultive ilusões,*
*Nem sonhos vãos,*
*Nem se embriague.*

Em seguida guardava o sabre e juntava as mãos, num respeitoso *gasshô*. Este era seu *kito*, sua cerimônia para ajudar o morto a despojar-se de toda e qualquer ilusão desse mundo.

No momento de executar Oden Takahashi, Asaemon começou a declamar os primeiros versos do poema, como sempre fazia. Já estava prestes a desferir o golpe fatal, quando a gueixa, voltando o rosto, fitou-o sem nenhum medo e, piscando um olho, presenteou-o com um sorriso sedutor.

A beleza daquela mulher, sobretudo naquele instante, seria capaz de desarmar e comover o mais feroz dos demônios...

Trêmulo, Asaemon errou o golpe e deixou cair o sabre, que foi se cravar na madeira, bem ao lado da cabeça da gueixa.

\* \* \*

Num pequeno templo, na montanha, viviam um mestre e seu discípulo, que era ainda muito jovem. Era também muito devoto e não perdia oportunidade de praticar o *zazen*. Orgulhoso de sua prática, acreditava que em breve obteria o *satori*.

*Sou um Buda e não preciso de* Sutras. Assim pensou o discípulo, certo dia. Então procurou os *Sutras* guardados no templo, ao longo de muitos anos. Recortando-os meticulosamente, colocou-os no banheiro, para serem usados como papel higiênico.

Ao descobrir o que seu discípulo tinha feito, o mestre reagiu, furioso:

— Imbecil! Isso é coisa que se faça? Você perdeu o juízo?

— Os *sutras* explicam o caminho para se obter o *satori* — respondeu o discípulo, sem se alterar. — Podem até nos ser úteis, antes de conseguirmos... Mas, depois, só servem para limpar o traseiro.

O mestre, longe de felicitá-lo, retrucou exasperado:

— Você é mesmo um grande idiota! Se o seu traseiro fosse mesmo o de um Buda, como poderia limpá-lo com um papel velho e amassado? O traseiro de um Buda merece um papel imaculadamente branco, limpo e suave!

\* \* \*

Na província de Ibaraki há um local chamado Makabe. Havia muito tempo, vivia ali um homem chamado Heishiro.

Num dia de rigoroso inverno, Heishiro aprontou-se para acompanhar seu amo numa viagem. Enquanto esperava, guardou as sandálias de palha do amo dentro de seu quimono, com a intenção de aquecê-las, pois estavam geladas. E ali ficou, junto à porta da casa, aguardando por ele.

De repente, o amo abriu a porta, surpreendendo Heishiro que, apressando-se a tirar as sandálias de sob o quimono, colocou-as no chão, de qualquer maneira, com as tiras meio retorcidas.

Ao ver as sandálias amassadas daquele jeito, o amo julgou que seu displicente criado havia se sentado sobre elas. E, pegando uma sandália, golpeou-lhe o rosto, enquanto o advertia severamente.

Essa atitude ofendeu Heishiro, de maneira muito profunda.

*Além de não ter percebido minha boa intenção, ao aquecer suas sandálias, ele ainda por cima me bateu*, pensou, tomado por intenso rancor. E foi nesse momento que decidiu vingar-se.

Naquela mesma noite, fugiu da casa do amo, levando a sandália com a qual fora agredido. Tinha tomado uma decisão: tornar-se monge e rezar pela morte daquele homem.

Partiu para a China e ali praticou muito, num lugar chamado Kinzan. Dedicou-se a aprender e praticar os ensinamentos, buscando o *Caminho*, com todo seu coração. E, assim, aconteceu que quanto mais amadurecia em seu aprendizado, menos se sentia capaz de rezar pela morte do antigo amo.

Por fim, retornou ao Japão. Algum tempo depois, o imperador adoeceu. E mandou que chamassem o monge de Kinzan para rezar por sua recuperação.

Esse monge era Heishiro, que atendeu prontamente ao pedido. O imperador sarou e, como sinal de gratidão, ofereceu a Heishiro o cargo de abade no templo de Makabe.

Heishiro assumiu seu posto. E, tal como era costume, o senhor feudal daquela região foi apresentar seus respeitos ao novo abade. Foi assim que Heishiro reencontrou seu antigo amo que, a princípio, não o reconheceu. Afinal, havia se passado muito tempo desde aquele dia de inverno em que castigara um criado, por sua suposta displicência.

Mas, então, Heishiro retirou de sob o manto uma sandália de palha, muito velha, erguendo-a à altura dos olhos de seu antigo amo. Com um sorriso e um olhar no qual já não havia nem sinal do antigo rancor, Heishiro, monge de Kizan e abade de Makabe, deu-se a conhecer.

\* \* \*

Esta história aconteceu no Japão, no século XVII, durante um período de privações e fome...

Um camponês, que já não tinha como sustentar sua família, lembrou-se de um antigo costume de sua pátria: aquele que fosse capaz de desafiar e vencer um mestre espadachim, ganharia uma grande recompensa.

Embora jamais houvesse sequer tocado numa arma, em toda sua vida, o camponês resolveu desafiar o maior mestre espadachim de toda a região, famoso por sua invencibilidade e por sua escola, considerada a melhor, entre todas.

No dia marcado para o duelo, diante de uma grande plateia, os dois homens preparavam-se para o confronto. O camponês, sem mostrar-se nem um pouco impressionado com a reputação do adversário, aguardava, em pé, numa postura altiva e serena, o início da luta. Quanto ao mestre espadachim, estava um tanto perturbado pela calma e determinação de seu oponente.

*Quem será esse homem?* Pensou. *Nunca um espadachim, ou lutador de qualquer outra categoria, ousou me desafiar... Então, por que ele fez isso? Justo ele, que nem sequer parece um guerreiro! Será que meus inimigos me prepararam algum tipo de armadilha?*

O duelo começou.

Acossado pela fome e pela necessidade, o camponês avançou, decidido, em direção ao rival... E tentou o primeiro golpe.

O mestre espadachim hesitou, desconcertado ante a falta de técnica e malícia de seu adversário. Por fim, recuou, movido pelo medo. Antes mesmo que terminasse o primeiro assalto, o mestre sentiu que seria derrotado. Então, baixando sua espada, disse:

— Você venceu. É a primeira vez em minha vida que perco uma luta. Entre todas as escolas, a minha é a mais famosa... O povo costuma dizer que lá os alunos aprendem, "com um só gesto, a desferir dez mil golpes". Agora, posso perguntar-lhe, respeitosamente, o nome de sua escola?

Com toda serenidade, o camponês respondeu:

— A Escola da Fome.

# GLOSSÁRIO

**BODHISATTVA**
Originalmente, significava aquele que corajosamente aspira à iluminação. "Estado de Bodhisattva" significa a prática da benevolência, também com o objetivo de atingir a iluminação.

**BODHISATTVA**
Uma pessoa na condição de Bodhisattva manifesta uma vida plena de benevolência, pois sua característica é dedicar-se à felicidade das outras. Literalmente, *Bodhi* significa "sabedoria do Buda" e, *sattva*, "seres sensíveis". De acordo com a escritura budista, *Butsujikyo Ron*, *sattva* também significa "valor". Dessa forma, "Bodhisattva" significava, originalmente, "aquele que corajosamente aspira à iluminação".

**BONNO**
Do japonês, *bom:* penoso e *no:* sofrimento. Significa perturbação, sofrimento, paixão resultante de uma

visão falsa do mundo. Apego ao ego, que atrapalha o despertar. Os seis *bonno* fundamentais são: a ignorância, a cólera, o orgulho, a dúvida, a avidez e a visão falsa.

## BONNOS
Ações falsas, ilusórias, do corpo, da palavra e da consciência, que enganam e perturbam nosso discernimento.

## BRÂMANE
Indivíduo pertencente à mais alta casta de sacerdotes da Índia.

## DENTOROKU
"A transmissão da lâmpada". O título completo é *Keitoku Dento Roku*, obra compilada por Tao yüah, sacerdote da dinastia Sung, en 1004, na qual ele explica a linha de transmissão dos sete Budas do passado, pelos patriarcas zen, hindus e chineses, a Fayen Wen i (885–958), fundador da escola Fa yen (Hogen) do budismo zen. Essa obra é considerada, pela escola zen, como histórica.

## DOJÔ
Lugar de iluminação, onde os monges praticam a meditação, a concentração, a respiração, os exercícios físicos e outros mais.

### GASSHÔ
Literalmente, "colocar as duas palmas juntas", ou seja, são as mãos postas. É também um gesto de respeito, típico do zen-budismo.

### GYOSHI
Fixar o olhar.

### HAICAI
Poema japonês constituído de três versos, dos quais dois são pentassílabos e um, o segundo, heptassílabo. "Há quem exceda, em brevidade, a essa trova popular, de quatro versos, ou vinte e oito pés métricos. É o haicai japonês, pequeno poema de três versos, de cinco, sete e cinco pés métricos, respectivamente, que resumem uma impressão, um conceito, um drama, um poema, às vezes deliciosamente, não raro profundamente." (PEIXOTO, Afrânio. *Miçangas* in *Dicionário Aurélio*, pp. 234-5.)

### HANNYA SHINGYÔ
É a quinta-essência do budismo e, particularmente, do zen-budismo (ZEN-SHU). É o cerne da realização do Buda Shākiamuni, transmitida de Buda a Buda, de Patriarca a Patriarca, geração após geração.

### KAI
Mudança ou ato de correção.

### KAI
"Mudança". E *kai-zen*, para melhor.

### KENDO
Arte marcial tradicional japonesa, originalmente praticada pelos samurais. Significa, literalmente, o caminho da espada.

### KESA
Do sânscrito, *kasaya*, que significa "de cor ocre". O *kesa* é o manto — confeccionado com retalhos de tecido, de forma retangular — que monges e monjas usam sobre o hábito. Simboliza a transmissão do conhecimento do mestre para o discípulo. Foi o Buda Shakyamuni quem criou o primeiro *kesa*, a partir de um monte de trapos sujos. Depois de lavá-los e tingi-los com terra e cinzas, confeccionou com eles o manto. Daí a essencial importância dessa peça de vestuário dos monges.

### KITOS
Em japonês: graça, mercê. Ritual esotérico celebrado em circunstâncias trágicas, como epidemias ou grandes catástrofes.

### KOAN
(Do japonês) é uma narrativa, um diálogo, uma questão ou afirmação que contém aspectos inacessíveis à razão. O *koan*, geralmente proposto por um mestre a seu discípulo, tem como objetivo propiciar a iluminação do aspirante a zen-budista. Instrumento de

educação dos discípulos, utilizado principalmente no *zen Rinzai*.

### KOLOMO
Hábito, geralmente preto, usado sob o *keza*.

### KU
Do Sutra do Coração: *Ku soku ze shiki / shiki soku ze ku.*: "A Vacuidade torna-se fenômeno, os fenômenos tornam-se vacuidade." *Ku soku ze shiki, shiki soku ze ku*: devemos ir além, transcender, ao mesmo tempo, *Shiki* (fenômenos) e Ku (*vazio*). Devemos estar além da diferença e da similitude. Devemos ir além de *Shiki* e de *Ku*, além do pensamento e do não pensamento. Nesse momento, atingimos a consciência Hishiryo: a Consciência Cósmica.

### MAKA HANNYA HARAMITA SHINGYÔ
Sutra do Coração da Grande Sabedoria Completa.

### MUSHOTOKU
Termo zen que significa "ação pura e reta", ação que não tem segundas intenções, que não espera prêmio nem algum tipo de resultado.

### NAMU AMIDA BUTSU
"Eu me refugio no Buda Amida" constitui o *nenbutsu*, ou profissão de fé e entrega ao voto de compaixão do Buda Amida, ou Amitābha ("de Luz Infinita") que, ao atingir a iluminação, prometeu acolher os devotos em

seu Paraíso da Terra Pura. Outras possíveis traduções para esse mantra: "Eu me refugio na vida eterna e na luz infinita", ou, alternativamente, "Eu me refugio na luz eterna e na vida infinita."

## NEMBUTSU
Consiste na recitação da frase NAMU AMIDA BUTSU, que significa: "Eu tomo refúgio no Buda da Luz e da Vida Imensurável". Não se trata de uma prece para pedir curas, milagres ou a iluminação. Trata-se de um cântico de gratidão que brota quando a luz do Dharma ilumina os corações, dissipando as trevas da ignorância, causa primordial de todo o sofrimento.

## NIRVANA
Do sânscrito, *nirvâna*, "extinção (da chama vital)". No budismo, estado de ausência total de sofrimento; paz e plenitude a que se chega por uma evasão de si que é a realização da sabedoria.

## O DESPERTO
Buda (do sânscrito-devaganari) significa "Desperto".

## RAIHAI
Do japonês, *Rai* (atitude) e *Hai* (inclinar-se), significa prosternação, uma tripla prostração e, também, espírito religioso.

## RAKUSU
Litealmente, "peitilho", em japonês. No zen, o aluno só toma os preceitos quando faz um *rakusu*, um modelo

resumido do manto budista que se leva no peito. É uma espécie de "distintivo" do monge zen e tem um significado simbólico, já que Buda, quando renunciou ao mundo, abandonou seus pertences e, juntando trapos encontrados no lixo, confeccionou com eles uma vestimenta. Lavou-os, cortou-os, tingiu-os, costurou-os de um modo especial e usou-os pelo resto da vida.

## RINZAI
No zen japonês monástico há duas vertentes principais: *Soto* e *Rinzai*. Enquanto a escola *Soto* dá maior ênfase à meditação silenciosa, a escola *Rinzai* faz amplo uso dos *koans*, ou enigmas.

## SAMPAI
É uma reverência, o ato de prostrar-se diante de alguém, em sinal de respeito e veneração.

## SATORI
Literalmente, "compreensão". Mas refere-se, no texto, a uma compreensão profunda, próximo da "iluminação", "estado de iluminação intuitiva procurado no zen-budismo".

## SHANGA
Ordem budista, comunidade.

## SHIHÔ
Como parte do processo de transmissão do Dharma, o aluno reverencia os ancestrais de sua linhagem,

escreve certos documentos e recebe vários ensinamentos — geralmente num retiro individual de sete dias, chamado *Shihô*. Nas cerimônias de *Shihô*, o aluno presta homenagem ao professor, com numerosas reverências. Mas há um momento em que o professor presta homenagem ao aluno, em certa "inversão" de papéis.

## SHIHO
(Ou Shihô) – é a cerimônia de transmissão, na qual o discípulo recebe do mestre o Dharma, ficando capacitado a transmiti-lo. Quanto ao termo Dharma, o sentido é extenso. (1) O melhor significado de Dharma não consta nas palavras, tem de ser captado pela experiência, pela observação e pela compreensão. Outros sentidos: (2) evento; um fenômeno em si mesmo; (3) qualidade mental; (4) doutrina, ensinamento, verdade, lei. E também: princípios que o ser humano deve seguir para se ajustar à ordem natural das coisas; qualidades da mente que deve desenvolver para compreender/realizar a qualidade inerente à mente, por si, em si e para si. Por extensão, "Dhamma" é usado também para denotar qualquer doutrina que ensina tais preceitos. *O ensinamento de Buda: a verdade por trás do ensinamento; Caminho.*

## SHUKKE TOKUDO
Sair de casa, abandonar os valores mundanos e entrar na grande família iluminada. Tornar-se uma criança Buda na casa de Buda. Tokudo é o caminho dos méritos. Literalmente, significa "receber a emancipação".

## SHODOKA
"Canto do Satori Imediato". É um dos quatro textos essenciais do zen.

## SHUSO
Noviço-líder.

## SUTRA
Na literatura da Índia, coletânea de breves aforismos que contêm as regras do rito, da moral, da vida cotidiana e da gramática.

## STUPA
Monumento funerário, geralmente budista ou hindu, de base cônica, cilíndrica ou quadrangular, encimado por uma cúpula hemisférica ou bulbosa.

## THATHAGATA
Um dos títulos de Buda, cujo significado pode ser: "Aquele que encontrou a verdade."

## ZAZEN
A prática do *zazen* consiste basicamente em sentar-se numa posição confortável, com a coluna ereta, em períodos de até 40 minutos, para meditar.

## ZAFU
Almofada para a prática de *zazen* (meditação).

© Copyright desta tradução: Editora Martin Claret Ltda., 2013.
Seleção e apresentação: Antonio Daniel Abreu
Título original: *Historias Zen*

Direção
MARTIN CLARET

Produção editorial
CAROLINA MARANI LIMA / FLÁVIA P. SILVA / MARCELO MAIA TORRES

Projeto gráfico e diagramação
GABRIELE CALDAS FERNANDES / GIOVANA GATTI LEONARDO

Direção de arte e capa
JOSÉ DUARTE T. DE CASTRO

SELEÇÃO E APRESENTAÇÃO
ANTONIO DANIEL ABREU

Tradução
YARA CAMILLO

Revisão
PEDRO BARALDI

Impressão e acabamento
PAULUS GRÁFICA

A ORTOGRAFIA DESTE LIVRO FOI ATUALIZADA SEGUNDO O ACORDO ORTOGRÁFICO DA LÍNGUA PORTUGUESA DE 1990, QUE PASSOU A VIGORAR EM 2009.

Dados Internacionais de Catalogação na Publicação (CIP)
(Câmara Brasileira do Livro, SP, Brasil)

Os melhores contos orientais : contos tradicionais da Índia, da China e do Japão para ler, meditar e viver melhor / seleção e apresentação Antonio Daniel Abreu; Tradução Yara Camillo. — 1. ed. — São Paulo: Martin Claret, 2013. — (Coleção contos; v. 5)

Título original: *Historias Zen*.
"Texto integral"
ISBN 978-85-7232-827-2

1. Contos orientais I. Título

13-07994                                             CDD-895.13

Índices para catálogo sistemático:
1. Contos: Literatura Chinesa 895.13

EDITORA MARTIN CLARET LTDA.
Rua Alegrete, 62 — Bairro Sumaré — CEP: 01254-010 — São Paulo — SP
Tel.: (11) 3672-8144 — Fax: (11) 3673-7146
www.martinclaret.com.br / editorial@martinclaret.com.br
1ª reimpressão 2016